わたしの幸せな結婚 四

顎木あくみ

富士見L文庫

もくじ

序章

彼女が帝都を訪れたのは、秋が終わり、冬の初めにさしかかった時期だった。

列車から降りて大きな革製の鞄《かばん》を手に駅の歩廊に立つと、たくさんの人が忙しなく行き交う中、ぶつかりそうになってしまう。

（帝都はやっぱり、ごみごみしているなあ）

数年前はここで暮らし、仕事をしていたのだが、久しぶりだと喧騒《けんそう》にやはり少し気が滅入る。

ため息を吐《つ》きながら、白い手袋をした手で鞄を持ち直し、彼女は雑踏の中を進み始めた。

駅の構内を抜ければ冷たい風がびゅう、と吹きつけてくる。寒さに首をすくめ、膝《ひざ》まであるコートの襟元を掻《か》き合わせる。

「さむ……」

無意識に呟《つぶや》きながら、バスの停留所に向かって足を踏み出したときだった。

「――お嬢さん」

か細い声が聞こえた気がした。

囁《ささや》くような呼びかけは、人々のざわめきに消されそうなほど微かだったが、確かに彼女の耳まで届いた。

ただ、この人込みである。

あちこちで誰かを呼ぶ高い声がしているから、自分に向けられたものとは限らない。

(今日、誰かが私を出迎えてくれるなんて話は聞いていないし……)

やはり勘違いだったか、と少し迷う間にまた声がする。

「――もし。お嬢さん」

思ったよりも間近に聞こえて、驚き振り向いた。

その先にあったのは、おそらく四十前後だろう、眼鏡をかけた男性の穏やかな笑顔。しかし、表情に反してやけに印象に残る異様な目をしている。

そしてその不気味に光る瞳《ひとみ》は今、疑いようなく彼女に向けられていた。

「私に何か」

彼女が問うと、男性は目尻《めじり》に皺《しわ》を刻み、笑みを深めた。

「不躾《ぶしつけ》に声をかけてしまってすみません。陣之内《じんのうち》薫子《かおるこ》さん」

「えっ」

どうして、自分の名前を。

彼女——薫子が目を見開いたのと、男性が言葉を続けたのは同時だった。

「ぼくの名前は甘水直《うすいなおし》。貴女に、どうしても頼みたいことがあるのです」

一章　爪痕と警戒

　ある初冬の早朝、斎森美世《さいもりみよ》は自室の鏡と真剣な表情で向き合っていた。

　淡緑色の、椿の柄が可愛らしい袷《あわせ》に袖《そで》を通す。きっちりと帯を締め、長い黒髪を梳《と》かして整えると顔には薄く化粧を施し、おかしな箇所がないか何度も確かめる。

（……よし）

　久堂《くどう》家当主であり、軍においては小隊を束ねる立場にある久堂清霞《きよか》の婚約者として、みっともない姿はさらせない。

「美世、そろそろ行くぞ」

「は、はい！」

　部屋の外から、自分を呼ぶ声がする。

　慌てて羽織と手提げを持ち部屋を出ると、すでに軍服に身を包んだ清霞が待っていた。

　艶《つや》のある薄茶の髪も際立った美貌《びぼう》もいつも通りだが、どこか表情が硬く、翳《かげ》りが見える。

　義両親の住む別邸から帝都に戻ってきたあの日からずっとだ。

「旦那《だんな》さま」

小さく声をかければ、ふ、と息を吐いてこちらを見下ろしてくる。

「緊張しているか？」

「はい、少しだけ。……こんな形で対異《たいい》特務小隊《とくむしょうたい》の屯所にお邪魔するのは初めてですから」

二人はこれから、清霞の職場である対異特務小隊の屯所へ行く。

なぜ美世までついていくのかと言えば、その原因は数日前の駅での邂逅《かいこう》にあった。

『――我が娘よ』

あの声を思い出しただけで、得体の知れぬ恐ろしさが襲ってくる。

す、と自分の顔から血の気が引いていくのを感じて、美世は無理やり微笑んだ。

「でも、平気です。わたし、頑張ります」

「そんなに気負うな。ただの打ち合わせだ」

おかしそうに、口元を緩ませた清霞を見て、ほっとする。

今回、自身の右腕ともいえる五道《ごどう》があんなことになってしまって、一番苦い思いをしているのは清霞なのだ。

だから美世が精一杯、彼を支えなければ。怖がっている暇はない。

美世と清霞が揃《そろ》って玄関へ行くと、ゆり江《え》が見送りをしてくれた。

今日ばかりは美世も出かけてしまって家事をする時間がないので、こうして久堂家の使用人である彼女に来てもらっている。

「坊ちゃん、美世さま。いってらっしゃいませ」

きっと美世たちの不安や緊張や……怒りや悲しみが入り交じった、硬い空気には気がついているだろうに、ゆり江はいつもと変わらぬ穏やかな笑顔だった。

母のような温かな笑みに、ひどく安堵《あんど》し励まされる。

自然に、美世も清霞も笑みを返した。

「いってきます」

まだ日の昇りきらない、ぼんやりと明るい家の外はちくちくと肌を刺すような冷気が漂い、吐く息はもれなく白くなる。

二人で自動車に乗り込むと、清霞はさっそくエンジンをかけハンドルを握った。

ゆっくりと発進した車中、ぽつり、とこぼす。

「付き合わせてすまない」

「いいえ」

「謝らせてくれ。今後どうなるか、まだはっきりしたことは何もわからない。だが、間違いなく危険に巻き込んだ」

厳しく、苦しげな婚約者の面持ちに胸が痛む。

危険なことが起こったとして、清霞に責任はない。誰が彼を責められよう。

「……いいえ。元より、わたしも無関係ではいられなかったんです。だから」

自分を責めないで。

そう言えたら良かったが、美世が今どれほど訴え、叫んだところで意味がないのはわかりきっている。清霞は優しいから、気にするなというのも無理な話だろう。

やり場のない悲しみと悔しさを抱え、美世はあの日の出来事を思い出していた。

◇◇◇

あの日、久堂の別邸から帝都に戻ってきた美世と清霞、薄刃《うすば》新《あらた》の三人を駅にて出迎えたのは、見知らぬ中年の男だった。

『――我が娘よ。……なんて、言ったら仰々しいね』

ははは、と白々しく笑う男の外見は、表面上はいたって『普通』のように見えた。

ところどころ白の混じった焦げ茶色の髪はごく短く、やや面長だが彫りの深い顔立ちで、黒縁の丸眼鏡をかけている。色の濃い着物に袴《はかま》を身に着け、上からとんびを纏《まと》う姿は多少身なりの良い部類であるものの、いたって平凡だ。

けれど、男がただ者でないのは美世にもわかった。

眼鏡の奥の、男の瞳が鋭くぎらぎらと不気味に光っていたからだ。

すでに清霞も新も荷物を放り出し、殺気立って構えている。場の雰囲気は緊迫しており、美世は無意識に息を詰めた。

『貴様、甘水直《うすいなおし》か』

清霞が落ち着いた声音で訊《たず》ねると、男——甘水直は笑みを消すことなく、後頭部に手をやって軽く頭を下げる。

『ええ、その通りで。ぼくが甘水です』

『だとするならば、その下手な芝居はやめたらどうですか』

険しい顔で、甘水の言葉を遮るように口にしたのは、新だった。

『殊勝な態度をとっても無駄です。あなたの目を見て……こんな話を聞いたのを思い出しました。甘水の長男は幼少からひどく残忍かつ酷薄で、手がつけられない子どもだったと』

年を取るにつれ、大人しくなったらしいですが、と新は言葉を続ける。彼の語調は静かだが余裕はなく、張り詰めた空気が後ろで聞いている美世にも伝わってきた。

『人の根っこはそう簡単に変わりませんので』

沈黙が、しん、と一同を包む。しかし次の瞬間に、甘水によって破られた。

『は、あはははは！　そりゃあそうだ。さすが、薄刃本家の跡継ぎはわかってる』

腹を抱え、時折ひきつった声で、目尻に涙を浮かべて大笑いする甘水。ひい、ひいと喘《あえ》ぎながらひとしきり笑い転げた彼が顔を上げれば、歯を剝《む》き出《だ》しにし、獰猛《どうもう》な表情へと一変していた。

その鋭い目は、清霞と新の背に守られた美世へと注がれる。

『人の性格など些細《ささい》なものだ。いくらでも作って、偽れる。とりわけ、自身の目的を達成するためならば』

嫌な汗が手のひらや背に滲《にじ》む。美世は自分が蛇に睨《にら》まれた蛙《かえる》になったような気分だった。

甘水という男は、得体が知れない。それを、この短時間でも強く感じる。

言葉通り、彼の振る舞いにはまるで一貫性がなく、何を考えているのか、次にどんな行動をするかもわからない。

支離滅裂を人の形にしたらこうなるのだろうか。

新の隠し持つ銃が、ちき、と鳴る。美世にはわからないが、おそらく清霞も、常に持ち歩いている武器をいつでも取り出せる状態にあるはずだ。

けれど甘水は二人の殺気をまるでものともせず、肩をすくめ、口元を歪《ゆが》ませた。

『嫌だね、物騒だ。今日のところは挨拶《あいさつ》をしにきただけ、ぼくに戦う意思はないというのに』

『信じられん。それに、貴様はすでに捕縛対象だ』

『そう言わずに。うちの者が久堂少佐、貴公に振られてしまったというのでね。上役として挨拶しないわけにはいかないだろう？　――贈り物も用意してある。きっと我々に協力したくなるはず』

贈り物、と美世は口の中で呟《つぶや》いた。まさか菓子折でも持ってきたわけではあるまい。

頭の奥が恐怖で痺《しび》れる感覚がして、まともに思考が働かない。

『贈り物だと？』

『そう。貴公が今回摘発した場所はただの使い捨ての実験場にすぎない。拠点はあちこちに点在しているけれど、その一部を軍が特定し一斉摘発したようだ。罠《わな》の可能性も考えずに。久堂少佐、貴公の部下が無事だといいね』

使い捨ての実験場、一斉摘発……罠。物騒な単語が並び、美世には甘水の言っている意味が理解できない。

一方で、清霞はわずかに眉《まゆ》を上げ、その唇を震わせたように見えた。

『私を脅すつもりか？』

『営業をするのに手土産は必須《ひっす》なのでね。——ほら、きたよ』

甘水が顎《あご》をしゃくった先に、宙を飛ぶ小さな影がある。よく見ると、それは誰かが放ったただろう白い紙でできた式だった。

清霞は甘水から目を離さないままにその式を摑《つか》み、表面に書かれた短い文に素早く視線を走らせる。

『どうだい。こちらに協力したくなる、いい知らせだったと思うけれど』

穏やかではあるが、どこか挑発するような甘水の態度に、清霞は手の中の式を握りつぶして小さく舌打ちした。

『貴様をここで捕まえれば関係ない』

『手伝います。少佐』

清霞の言葉に新が応じる。美世が我に返ったときには、すでに清霞は甘水のほうへと駆け出していた。さらに、新は多くの一般人がいる駅の構内だというのに堂々と標的に狙いを定め、拳銃《けんじゅう》を構える。

（……おかしい）

ようやく、この奇怪な状況に思い当たった。

清霞も新もすでに感づいているだろう。駅を行き交う人々が、誰もこちらを見ていない。

こんなふうに人波の真ん中で立ち止まって話しているのに……あまつさえ銃まで取り出されているというのに、誰も彼もが美世たちなど見えていないかのごとく、無関心に通り過ぎていく。本来であれば、間違いなく大騒ぎになっているだろうに。

（これは、あの人の異能？）

あるいは、人を避ける結界か。判別できない。

そのときだった。

甘水の姿が急に透明になったように見えた。

さらに、摑みかかろうとした清霞の手は空を切り——。

『美世、ぼくの娘。きっとまた、迎えにくるよ』

美世の耳元で、不気味に囁《ささや》かれた声。

いつの間にか、甘水は清霞と新の背に庇《かば》われていたはずの美世の傍らに立っていた。

『……っ！』

『美世、動かないでください！』

ぱん、と乾いた音とともに新の銃から放たれた銃弾は、美世のそばを掠《かす》め、地面に当たって弾《はじ》かれる。

男はもう、どこにもいなかった。

◇◇◇

美世は自分の冷たい指先を握り込み、自動車の窓から流れていく景色を見遣《みや》った。

(わたしは、斎森の娘ではなかったの……?)

迎えにくる、という甘水の言葉には恐怖を覚える。しかし、それ以上に美世を自身の娘だと言ったあの男の真意が気になって仕方がない。

信じたくない。

だって、もしそれが真実だとしたら、美世はあの家で娘として扱われなくて当然だったということだ。家族として見てもらえず、身も心も痛くて、苦しかったあの頃が正しかったと。

おまけに、本当に甘水直が実父だったら。

異能心教《いのうしんきょう》の祖師と名乗る彼がもたらした『贈り物』は、最悪なものだった。

軍が一斉摘発に踏み切った、異能心教の拠点と思《おぼ》しき場所のいくつかが軍の突入と同時に爆発、炎上した。

被害は甚大で、無論、それは清霞の小隊の隊員たちも例外ではない。

（……怪我をした方も、それに、五道さまも）

久堂家別邸での、村人たちの件もある。異能心教は人の正気を失わせ、恐怖に陥れた。大勢の人を傷つけた、そんな男が父親だなんて考えたくもない。斎森家での過去以上に、美世にとって受け入れがたいことだ。

想像するだけで気分が悪くなり、美世は無意識に拳《こぶし》に力を込める。

清霞の運転する自動車は朝の人通りの少ない道をするりと走り抜け、対異特務小隊の門を潜る。

「行くぞ」

「はい」

自動車を停め、美世と清霞は並んで屯所へと足を踏み入れる。

まだ朝も早いというのに、屯所内では少なくない隊員が忙《せわ》しなく行き来していた。

「おはようございます」

挨拶をしてくる隊員たちに美世は会釈を返す。

もっと物珍しそうな視線をぶつけられるだろうと思っていたけれど、すでに美世のことが周知されているのか、単に皆忙しいだけなのか、特に居心地の悪さは感じなかった。

「美世、お前にはこれから会議に参加してもらう」

「はい」

「ただ、その前に」

清霞は会議室前を通り過ぎ、他よりもやや凝った意匠のある扉を無造作に開ける。

「先に紹介しておきたい人物がいる」

「紹介しておきたい……？　もしかして」

そういえば、確か甘水に狙われている張本人である美世には、恐れ多くも対異特務小隊の中から警護がつくと聞いていた。

大袈裟《おおげさ》な、と言いたいところだが、先日の甘水の様子を思えば拒否はできない。

扉の先は、広い部屋だった。

大きな執務机が奥に鎮座し、テーブルとソファもある。屯所内の殺風景な他の部屋とは違い、応接室と同じくらい内装は美しいものの、書類が山のように積まれ雑然としている。

件《くだん》の人物らしき人影はまだ部屋にはない。

「散らかっていてすまない。ここが私の執務室だ。勤務中はこの部屋にいることが多い」

「え……あの、わたしが入ってもいいんですか」

驚いて、美世は婚約者の顔を見上げる。

軍は機密が多いところである。見られたらまずい情報なども、この中にはあるだろうに。

「問題ない。今日からお前の身柄はこの屯所内で保護する。……ということが、おそらくこの後の会議で決まる。そうなれば隠し切れるものではないからな」

「そう、なんですか」

「ああ。――すまない。これからしばらく、異能心教の件が落ち着くまでは面倒をかける」

「いいえ。旦那《だんな》さまがわたしを心配してくださっているのは、わかっていますから」

もちろん、清霞の個人的な感情から美世に警護をつけるわけではないはずだ。会議には彼の上司である大海渡《おおかいと》も参加するというし、美世を守るのは軍の方針だろう。

しかし、清霞の表情を見れば、彼自身が美世をひどく心配しているのが伝わってくる。

「とりあえず座ってくれ。もうすぐ来るはずだから」

勧められるまま、ソファに腰かけて息を吐く。柔らかな感触に包まれて、意気込みすぎからか強張《こわば》った身体が少しだけ楽になった。

「疲れたか」

「いえ、まだ来たばかりですから」

首を横に振る。すると、急に清霞の人並み外れた美しい顔が間近に迫った。

「顔色があまりよくないな」

「そ、そんなことは」

一気に頬が熱くなって、飛び退くように咄嗟《とっさ》に身を引いた。

体調は悪くない。顔色が優れないのだとしたら、それは緊張や不安からくるものだ。

そう返そうとしたものの、上手《うま》く舌が動かない。

（恥ずかしい）

この体勢だと、先日の別邸での出来事をつい思い出してしまい、冷静でいられない。

目のやり場に困り、おろおろと視線をさまよわせていれば、清霞は眉を下げて笑いながら距離をとる。

「意識しすぎだ。さすがに仕事場ではおかしなことはしない」

「し、仕事場では……？」

「家でも、な」

「なっ、ひ、ひどいです」

どうやら、からかわれたらしい。美世は両手で熱を帯びた頬を隠し、憤慨する。

ちょうど会話が途切れたそのとき、こつこつと扉を叩《たた》く音が響いた。ついに、待ち人がやってきたようだ。

美世は顔の火照りを冷ましつつ、姿勢を正した。

「隊長、陣之内《じんのうち》です。よろしいでしょうか」

「入れ」

「失礼します」

扉を開け、入ってきたのはすらりとした軍装の——。

(綺麗《きれい》な、女の人?)

清霞を見慣れているせいか、最初は線の細い中性的な男性のように思ったけれど、違う。後頭部で一本に束ねた長い髪を靡《なび》かせ、颯爽《さっそう》と歩み寄ってくる彼女は、美世と同じくらいの年頃の、凜《りん》と整った顔立ちの美しい女性だった。

(軍って、男性しかいないんじゃなかったかしら)

首を捻《ひね》っていると、ふと女性と目が合って微笑みかけられた。

まさに、同性でも見惚《みと》れずにはいられない麗人だ。女性としての美しさもありながら、男性と同じ武骨な軍服を着こなすその姿は、まるで舞台役者さながら。

せっかく冷ました頬が、違う意味でまた熱くなりそうになる。

「陣之内、よく来てくれた。座ってくれ」

「はい。失礼します」

清霞は女性を陣之内、と呼んで向かいの席を勧めると、自分は自然な動作で美世の隣に腰かけた。

「旧都から突然の呼び出しですまなかったな」

「いえ、滅相もありません。お久しぶりです、久堂さん」

にこにこと笑う彼女は、近くで向き合ってみると案外親しみやすそうな印象で、柔らかく温かな人柄と見受けられる。

「美世、彼女は陣之内薫子《かおるこ》。普段は旧都の対異特務第二小隊で任に就いている。五道が抜けた穴埋めとして来てもらった。今度、お前の護衛を任せることになる。……陣之内、彼女は私の婚約者で、斎森美世という」

清霞の紹介を受け、女性――薫子は、居住まいを正して会釈した。

「陣之内薫子です。よろしくお願いします」

「斎森美世です。こちらこそ、よろしくお願いいたします」

美しい上に礼儀正しい薫子に気圧《けお》されつつ、美世も挨拶《あいさつ》を返す。

薫子は微笑み、片手を差し出した。

「あの、美世さんって呼んでもいいですか」

「は、はい。どうぞ」

「いいお名前ですね。私、久堂さんの婚約者っていったいどんな人なのか、すごく気になっていたので。美世さんみたいな穏やかそうな人で、なんか納得しちゃいました」

薫子の口調は存外、外見からくる印象よりも軽やかでさっぱりしている。

美世は彼女が差し出してきた手を握り、握手を交わす。女性らしく細いが、剣を握るのか皮が厚く、硬い手だ。けれど温かい。

(……よかった。いい人みたい)

嫌みや悪意を含んだ声音は、隠そうとしても端々に出てしまうものだ。

彼女からは、少なくとも嫌な感じはしない。悪人でないのは確かだろう。できたら上手くやっていきたい。

「陣之内。お前には美世の護衛を頼みたい」

清霞が言うと、薫子は顔を引き締めてうなずいた。

「はい」

「承知しているだろうが、美世の護衛をするならば有事の際、真っ先に異能心教の異能者および甘水と対峙《たいじ》することになる。他の者より危険が大きい」

「問題ありません。承ります」

「悪いな。五道の代わりに来てもらったが……」

「構いませんよ。護衛ならば女性同士のほうが何かと行き届くでしょうから。それに、隊長と私の仲じゃありませんか」

薫子の意味深な発言に、美世は引っかかりを覚える。

清霞と薫子の仲。

上司と部下、あるいは同僚という以外に何かあるのだろうか。薫子は旧都の人間なので、特別な繋《つな》がりがなければ出てこない言い回しのような気がする。

どういう意味か、聞きたいような、聞きたくないような。

(も、もやもやを抱えるのは嫌!)

美世は思いきって訊《たず》ねてみることにした。

「あの、お二人は……どんな仲でいらっしゃるんですか」

「え、ああ。実は私、昔、久堂さんの婚約者候補だったんです」

「え」

薫子の美しい笑顔に目が釘付《くぎづ》けになった。衝撃で言葉が出ない。

清霞に婚約者候補がたくさんいたのはもちろん知っている。そして彼女たちが誰ひとりとして彼のそばに残らなかったのも。

ただ実際に会ったのは初めてで、すっかり失念していた。

「おい、昔のことを蒸し返すな」

「あ、すみません。いい気持ちじゃないですよね、気にしないでください」

「お前は、まったく」

「本当にすみません！　もう言いませんから」

「…………」

美世は返事に困り、黙り込むしかない。

気にするなと言われても、一度聞いてしまったら気になって仕方ない。もし薫子と清霞の婚約が成立していたら、美世にお鉢が回ってくることはなかったのだ。

それに二人は今も十分、親しそうに見える。もしかしたら――。

(何を馬鹿なことを考えているの、わたし)

清霞は今、自分と婚約している。大事にされているし、彼は誠実な人だ。薫子の存在でどうこうなるなんて、ありえないのに。そう、信じているのに。

「不束者《ふつつかもの》ですが、頑張って護衛しますのでよろしくお願いします。美世さん」

「は、はい。……こちらこそ」

薫子に笑みを返しても、美世の心の内が晴れることはなかった。

会議の時間が近づき、三人は会議室に移動した。

美世の頭の中では『婚約者候補』の単語がずっと居座っていて、それまでの会話の内容はよく覚えていない。

（だめよ、切り替えなきゃ）

会議に呼ばれたからには、美世も意見や証言を求められる場面があるかもしれない。上の空で聞いていませんでした、では印象最悪だろう。

会議室に入ると、まだ人は少なかった。

「美世、お前の席はここだ」

勧められた席は、清霞が座る一番奥の席のすぐ近くだ。

今日はあの甘水との邂逅《かいこう》から、初めての本格的な打ち合わせとなる。美世が参加する理由は、当事者であり、甘水と接触した者として今後の方針を把握しておくためらしい。

本来であれば、当事者だからといって部外者がここまで深くかかわることはない。

けれども今回、美世は甘水から再度接触があることをはっきりと宣告された。何も知らないほうがむしろ危険だと判断されたのだろう。

「はい。ありがとうございます」

静かに用意された席に腰かける。

家を出たときは張り切っていたものの、いざここまでくると場違い感で居たたまれない。

しかも、先ほどの衝撃が後を引いている。気を抜いたら、少し離れた席に座る薫子をつい凝視して、嫌な想像を繰り広げてしまいそうだ。

（しっかりしなくちゃ）

二人の過去は気になるけれど、隊長である清霞の婚約者なのだから、彼の職場で、彼の部下たちにみっともないところは見せられない。

居心地悪く待っていると、続々と会議の参加者が入ってくる。

今回の打ち合わせに参加できるのは、対異特務小隊内で班長以上の立場にある者に限られる。つまり、実力主義の対異特務小隊における猛者《もさ》だけだ。見るからに屈強そうな男性もいれば、若く普通の青年もいる。

とはいえ、女性でありながらひとりだけ軍服を身にまとう薫子ほどの異彩を放つ者は、ほかにいない。

「皆、ご苦労」

最後に会議室に入ってきたのは、小隊の総責任者である大海渡だった。全員が立ち上がり、頭を下げる。

「楽にして座ってくれ」

彼の言葉に従い、各自が着席すると打ち合わせは粛々と始まった。

まだ席が、ひとつだけ空いている。新が薄刃家の代表として呼ばれていると聞いていたが、時間になっても到着していなかった。

（心配だけれど、わたしは口出しできる立場ではないわ）

来る途中で事故に遭ったとか、怪我をしたとかでなければいいが。そんなことを考えていると、美世の手元にも会議の資料が届いた。

（む、難しい）

ざっと目を通したものの、内容は専門用語も多く半分も理解できない。話を聞いていてもわからなかったら、あとで清霞に直接聞くべきだろう。

資料が行き渡り、ひと通り議題と進行予定を確認すると、清霞が口を開いた。

「今回、異能心教と相対するにあたり、人員補充のため旧都の対異特務第二小隊からひとり、隊員を借りることにした。紹介する。――陣之内」

「はい！」

薫子の明るく澄んだ声が響く。参加者たちの視線が、起立した彼女に集中する。

「陣之内薫子。ここにいる者はほとんど知っているだろうが、彼女は数年前までここで任に就いていた」

薫子は背筋を伸ばして礼をする。

「陣之内薫子です。帝都の勝手を知っている者がいいだろうとのあちらの隊長の判断で、私に白羽の矢が立ちました。五道さんの分も、精一杯努めさせていただきます。よろしくお願いいたします！」

紹介を聞いて、腑《ふ》に落ちた。

以前は帝都にいたのなら、共に仕事にかかわっていたのだろうし、清霞と彼女が親しくても不思議ではない。

ただ理解はできるけれど、納得しがたい。特別仲が良さそうな理由は『婚約者候補だったから』ではなく、『職場が同じだったから』だと信じたい自分がいる。

（ううん。そもそも、旦那《だんな》さまがどなたと仲良くしていたって、自由だわ）

薫子の存在にわけもなく目くじらを立てるのは良くない。下り坂になってきた思考を振り払うように重い息を吐いた。

それにしても、五道が抜けた穴は大きいと聞く。美世は彼の正しい力量を把握しているわけではないが、清霞の副官を務めているのだから、半端な実力ではない。

その穴を埋めるために呼ばれた薫子は、きっと同じくらい優秀なはずだ。

羨《うらや》ましくないといえば、嘘になる。

「陣之内に任せる業務については、後ほどあらためて確認する。次に――」

薫子が再び席につき、打ち合わせは次の内容へと移る。

異能心教による拠点の爆破と、その被害の状況。軍として、対異特務小隊としての今後の方針。議題には事欠かない。

しばらくして、ついに話題は甘水とその部下へ及んだ。報告したのは百足山《むかでやま》という三十前後くらいの班長のひとりだ。

「隊長が一戦交えたという相手の調査を行いまして、結果は資料に掲載しています」

「……宝上《ほうじょう》家の者か。しかし今現在、所在のわかっていない異能者はいなかったはずだが」

美世は手元の資料に目を落とす。

異能者は大きな力を持つゆえに、その所在はいつでも国に管理されている。犯罪に手を染める異能者がいたら大事になる前に処理されてきた。

それなのに、別邸滞在中の一件で清霞と対峙した宝上という異能者は、国の監視の目をすり抜け、異能心教の一員としてその企《たくら》みに加担した。本来ならばありえない事態だ。

百足山班長は清霞の問いに答え、報告を続けた。

「それがどうも……奇妙でして。国の当該機関が監視を怠った形跡はありませんでした。が、なぜかすでに宝上の足取りが途絶えて久しい。そして、それを誰も疑問に思っていなかった」

これにはその場の一同が、首を傾げるしかない。

監視していたのに、足取りを見失っても疑問を感じないとは、いったい。

「どういう意味だ」

「どう、と言われましても、答えようがありません。報告したままです」

「ふむ……」

眉間《みけん》にしわを寄せ、重たい息を吐いたのは大海渡だ。

清霞もまた要領を得ない報告に難しい表情をして、他の面々も似たり寄ったりな反応だ。

「甘水の——薄刃と同質の異能、と考えるのが妥当だろう。……明らかに人の精神や脳内に干渉している」

美世ははっと顔を上げ、己の婚約者を見た。

甘水の異能がどんなものなのか、まだ把握できていない。というより、それを確認するためにこの場に呼ばれているはずの新がまだ来ていない。

「鶴木《つるき》、いや薄刃新がいれば話は早いだろう。彼は？」

大海渡が眉《まゆ》を顰《ひそ》めながら問うと、ざわり、と室内の空気が揺らいだ。

小声で、堯人《たかいひと》さまの命とはいえ薄刃と協力なんて、薄刃は信用に値しない、と囁《ささや》きあう声が美世の耳にまで届く。

薄刃家が表向き鶴木と名乗っていることに関しては、今や公然の秘密である。夏、帝《みかど》が表舞台から降りたときに、尭人皇子の意向で国の機密扱いではなくなったからだ。

国中で見ればまだわずかだろうが、異能者たちの間ではもう知っている者のほうが多い。ただし、薄刃家と、他の異能を受け継ぐ家は同じではない。

異能者を取り締まるという薄刃家の異端な立場上、偏見や差別意識はどうしても生まれてしまう。

表へ出てきたはいいが、薄刃家は異能者たちに遠巻きにされている。これが現状だった。

「来ないならば、こちらから連絡をとるしかないな」

「——すみません、遅れました」

ため息交じりに清霞が口にしたのと同時に、まるで計ったように会議室の扉を開けて新が現れた。

「遅かったな」

「すみません。うちも、てんやわんやなんです。人手がないので」

「忙しいのは理解するが、時間は守ることだ。早く座れ」

やや乱れた呼吸を整えつつ、新はひとつだけ空いた清霞の近くの席についた。

移動の間、ひそひそと交わされた薄刃への中傷ともとれる悪意ある言葉も耳に入ったはずだが、涼しい表情が崩れることはない。

美世がちらりと視線を遣《や》ると、従兄《いとこ》は小さく微笑みを返してくる。

「それで、遅れてきたからには成果はあるのだろうな」

「ええ、まあ。甘水の異能について確認はとれています」

室内のざわめきは、新のひと言で水を打ったように静まり返った。

先ほどはあれだけ薄刃に対して疑いの目を向けていたのに、皆、新の報告を聞き逃すまいと耳をすましているようだ。

会場を一瞥《いちべつ》して、新は肩をすくめた。

「しかし正直、どんな異能なのか知ったところで、どうこうできる気がしません。あまりに危険で、あの男にだけは持たせてはいけない力です」

静寂の中に、見えない緊張が走る。

「甘水直——奴の異能は人の知覚を歪《ゆが》ませます。視覚、聴覚、味覚、嗅覚《きゅうかく》、触覚……我々が五感で受け取り、脳内で処理する情報の何もかもを、あの男は操作できるのです」

「そんな馬鹿な！」

班長のひとりが卓を叩《たた》き、声を荒らげた。そして、それに追随して次々に、信じられない、ありえない、人の領分を超えていると声が上がる。

騒ぎ立てる会議の参加者たちを、新は冷ややかな目で、清霞は眉を寄せ、大海渡は思案顔で見つめていた。

(知覚を歪める……?)

言葉だけでは想像がつきにくいが、実際に身をもって体験した美世は嘆息する。

駅の構内であれだけ騒いでも、周囲の誰も気にも留めなかった。また、気づかぬ間に甘水はその姿を消したり現わしたりしているように見えたし、宝上家の異能者が監視の目を欺けたのもすべて、それなら説明がつく。

やはり、あのときの現象は結界などではなく、異能によるものだったのだ。

——なんと、おそろしい能力だろう。

新がいたって冷静に、再び口を開いた。

「騒いでも仕方ありませんよ。あの男はやろうと思えば、今ここに、誰にも気づかれずに紛れ込むことだって難しくない。誰か別の人間に成りすますことすら可能でしょう」

誰かの息を呑《の》む音が響く。

想像するだけで、身震いしてしまう。甘水と対峙《たいじ》したら最後、自分の五感が得ている情報の全部を信じられなくなるのと同義なのだ。

「もちろん、それほどまでの力を何の制約もなしに使えるわけではありません。おそらくですが、一日に使える回数に限りがあります。それと、使える範囲にも」

「だとしても、その制約がどれだけの弱点となりえるか。異能者でない私が意見するものでもないが、甘水との……異能心教との戦いは厳しいものになるのを避けられないだろう」

大海渡の呟《つぶや》きに一同は沈黙し、清霞が答える。

「少将の仰《おっしゃ》ることはもっともです。弱点を知り、備える必要はある。ただ、そのためにまずはその異能心教、および甘水直の目的を考えなければならない」

「ふむ、その通りだな。清霞、君は、実際に宝上と相対してその目的とやらを知らされたのだったか」

「はい」

清霞が語ったのは、別邸へ行ったときの事件の概要だ。

すでに情報は隊内で共有されているという話だったが、異能心教の目的に重点を置き、あらためて報告される内容に全員が真剣な表情で耳を傾けている。

「異形《いぎょう》の一部を人に取り込ませ、異能を目覚めさせる……これが事実、可能であるかはまだ確認できていない」

清霞は淡々と説明を続けた。

そもそも、異形のほとんどは実体であって実体ではない存在だ。異能者であれば通常、見て触れられるものだが、一般にはそうではない。

では、これを取り込ませるにはどうするか。

まず人間を含めた、何らかの生物に憑依《ひょうい》させ、実体を持たせる必要がある。

ただ、この時点で異能の実態が国家機密に該当すること、さらに人道的観点から合法的に実証実験を行うのが難しくなる。

よって、異能心教の言い分が事実であるか把握し、先回りするのは今後も困難を極める。

「隊長、発言よろしいでしょうか」

「ああ」

挙手した百足山班長に、清霞はうなずく。

「もし、本当に一般人を異能者にすることが可能だったとして、どうするんです？　隊長の報告では、祖師——甘水は新世界を作り上げ、その世界の王になるつもりだという意味に聞こえる。だったら一般人に能力など与えず、異能者として力を誇示したほうが早いと思いますが」

彼の意見はもっともだ。異能者は人間であり、神にはなりえないが、それでもあらゆる面で常人の先を行く存在である。

異能を行使できることはもちろん、基本的に身体は頑強で怪我や病に強い。身体能力も高く、普通の人間と比べて優位なのだ。加えて、薄刃の能力はその異能者たちをも凌《しの》ぐ。

美世もこれについては、新や清霞の姉である葉月《はづき》からの指導で知識を得ている。

「それだけ自分の力、薄刃の異能に自信があるということだろうな。通常の異能者よりさらに上をいく存在としての自負というべきか。そして」

清霞の視線が美世のほうを向く。次いで、会議の参加者の目に一斉に貫かれ、緊張で身体が強張った。

「甘水の行動原理がそうであるならば、『夢見の力』を欲しがっているのは間違いない」

「『夢見の力』は薄刃のすべてと言っていいものです。親族の中には神のように崇《あが》める者さえいます。それは、分家である甘水でも同様でしょうね」

清霞の言葉を新が引き継ぎ、そしてさらに清霞が続ける。

「奴は必ず『夢見の力』を持つ異能者、ここにいる斎森美世を狙う。こちらから何かを仕掛ける必要はない。万全の守りで迎え撃つのが、我々の仕事になる。よって今後、我が隊では彼女の守りを中心として、異能心教と対峙することとする」

「隊長。守り、と仰いますが、具体的にはどのような？」

「ふむ。清霞、君の自宅でも守護は万全だろうが……」

班長の中から投げかけられた疑問を受け、大海渡が顎《あご》を撫《な》でつつ思案する様子を見せる。

「相手は強敵だ。たとえ腕利きの護衛をつけたとしても、時間稼ぎがせいぜいではないか。何かあったとき、すぐに君が駆けつけられなければどうしようもなかろう」

「彼女には、明日以降もここへ通ってもらうことにしています」

大海渡の意見は清霞にとって、想定していたものだったのだろう。あらかじめ聞いていた通りの話の流れだ。

新は肩をすくめて口を挟む。

「日中も少佐の近くにいられるなら、これ以上の安心はないでしょう。俺も護衛には参加するつもりですが、薄刃の仕事もあるので滅多にそばにいられませんし」

「君はそれで構わないか」

大海渡に訊《たず》ねられ、美世は顔を上げた。

先刻、執務室で清霞から話を聞いたときから考えていた。

部外者である美世を軍の施設に置いておけるのか、という問題はこの際考慮しないとして、心配なのは清霞の仕事の邪魔にならないか、だ。

「正直にどうしたいか言えばいい。お前がここにいることで仕事に支障が出るかどうかは問題ではない。こうなった以上、お前を守るよりも重要な仕事はないからな」

美世の心を読んだかのような清霞の言葉に励まされ、美世はうなずいた。

「はい。ここに置いていただけるのであれば、わたしも……安心できます」

「決まりだな」

言って、大海渡は立ち上がった。

「では甘水直の狙いと思われる斎森美世は、今日からでも対異特務小隊で保護する。上の許可は私がとろう。何か、異論のある者はいるか」

上役の問いかけに答える者はいない。するとしばらくして、異議なし、と呟く声がちらほら聞こえてきた。

「では各自、異能心教との戦いに備え、やるべきことを行うように。解散」

◇◇◇

新は対異特務小隊の屯所を出ると、足早に帝都の市街を歩いていた。

(このままでは、甘水には絶対に勝てない)

自然と顔を険しくしかめてしまう。

薄刃家で甘水の力を調べ、確信した。甘水直は強い。新よりも、ずっと。

甘水家は分家だが、彼の代は彼然《しか》り、薄刃澄美《すみ》然り、今より薄刃の異能者の数は多く、さらに優秀だった。

薄刃の異能者を止められるのは薄刃の異能者しかいないだろう。しかし現在、甘水を止められる者はいない。新でも、歯が立たない。

あるいは薄刃の者でなくとも、清霞ほどの異能と戦闘技術があれば渡り合えるだろうが、そんな異能者はほとんど存在しない。おまけに向こうには宝上の者もおり、あと何人の異能者が甘水に付き従っているかも定かではないときた。

このまま戦っても、確実にこちらが負ける。

（……あれは薄刃の、身内の恥だ）

甘水直の名を聞いてから、ずっと思っていた。すべての責任は薄刃にあると。

危険人物をもっと早くに処理しなかった罪。一族から離反した者を追いきれなかった罪。言い逃れはできない。偉そうに掟《おきて》で自らを律して生きてきたと豪語しながら、あの男のことをなかったもののように、薄刃家の皆が忘れようとした。その結果が、これだ。

（最悪、美世さえ無事なら薄刃家は守られる）

甘水が美世を狙うように、新は美世を絶対に守り抜かなければならない。そのために、彼女のそばを離れることになろうとも。

冷たい風に煽《あお》られ、立ち止まって瞼《まぶた》を閉じる。

きっと祖父の義浪《よしろう》は、甘水を野放しにしていた責任は新にはないというだろう。これからの薄刃を担う新に、過去の出来事をどうこうする力はなかった。

それでも、当代の夢見の巫女《みこ》を守る者として……何と引き換えにしようともやらねばならないことがある。

——たとえ刺し違えても、甘水はこの手で。

目を開け、自身の手のひらを見下ろした。

必ず異能心教の、そして甘水の弱みでもなんでも見つけ出して、斃《たお》す。何の憂いもなく、まっさらな薄刃家を残していけるように。

それこそが、新がこれまで薄刃家の異能者として生きてきた意味なのかもしれない。

「少し、業腹ですけど」

美世は、清霞に任せておけば危険はない。しばらく離れていても大丈夫だ。

その間に、自分は甘水を斃すすべを探せばいい。そしてできる限り早く、潰《つぶ》す。

新は白い息を吐き、真っ直ぐに前を見て冬の街を進んでいった。

二章　初めての友人

久しぶりに夢を見た。

美世《みよ》は、気がつくとどこか見知らぬ古式ゆかしい木造家屋の前に立っていた。

『こら、直《なお》くん。また喧嘩《けんか》をしたんですって？』

暖かな日の光に満ちた庭園に、若い女の声が響く。

それは、美世にとって聞き覚えのあるものだった。――母の、斎森澄美《さいもりすみ》の声だ。

しかし記憶にあるそれより、いくらか溌剌《はつらつ》として明るい。おそらく、澄美が斎森家に嫁ぐ前のいつかの夢であると予想がついた。

視線を巡らせると、緑鮮やかな木の陰に若い男が立っていて、肩をすくめて笑っているのが見える。

『先に手を出してきたのは相手のほうだよ。正当防衛だ』

『嘘。それなら、どうしてあなたはかすり傷ひとつ負っていないのに、相手は入院するの？』

縁側から男を見下ろし、腰に手を当てて問い詰めているのは、予想通り少女の頃の澄美だ。

　ただ、その様子は以前、美世の夢に登場した彼女とは印象が異なっていた。

　美しい黒髪を靡《なび》かせ、頬を膨らませる十をいくつか過ぎたくらいの姿は、生き生きとした気力がみなぎっている。

　斎森家の夢の中では、いつも儚《はかな》く、悲しげな表情を浮かべていただけなのに。

『澄美ちゃんには敵《かな》わないな。でも、本当に先に因縁《いんねん》をつけてきたのも、手を出してきたのもあっちなんだ』

『……そういうの、過剰防衛っていうのよ。知っている？』

『ははは。どうだろう』

　笑顔で誤魔化すその青年にも、見覚えがある。つい最近、この男によっておそろしい思いをさせられたばかりだ。

　甘水《うすい》直。

　シャツの上から着物を纏《まと》い、袴《はかま》を穿《は》いた書生の格好をしているが、丸眼鏡とその奥でぎらつく剣呑《けんのん》な光は今と変わらない。

（ううん、今よりは……少しだけ、怖くないわ）

　美世はつい先日会った甘水の顔と、すぐそこに立つ青年を重ねた。

庭から、縁側に立つ澄美を見上げる男の目は、どこか穏やかに、愛おしそうに細められている。

『誤魔化さないで。暴力はいけないって、いつも言っているでしょう』

『いやあ、かっとなってつい。次から気をつける。相手を病院送りにしないように』

『ちょっと。私は手加減をしろ、じゃなくて、暴力はやめてって言っているのよ。わかっているの？』

『わかってる、わかってますよ。お姫さま』

『もう、調子のいいことばっかり』

澄美はため息を吐《つ》きながら、仕方ないわね、と困ったようにくすくす笑う。

二人の間には、和やかな空気が流れている。それはまるで普通の、年頃の男女のやりとりにしか見えない。

在りし日の、優しく温かで、泡沫《うたかた》のごとき記憶。

ここにはどこにでもある、ありふれた若者たちの日常の風景があるだけだ。涙が出そうなほどに。

甘水が澄美を想い、澄美も彼を想っているのがひしひしと伝わってくる。

なぜ、夢見の力は美世にこんな記憶を見せるのか。力が暴走しているわけではないだろうから、美世自身が心のどこかで過去を知りたいと願っていたのかもしれない。

(──二人は、恋人同士だったの?)

問いかけても、答えてくれる人はおらず、真実を推測しようとすれば、嫌な可能性ばかり脳裏をかすめていく。

もし、本当に美世の実の父が甘水だったら。

もし、母と甘水が恋仲で、政略結婚によって引き裂かれたのだったら。

(わたしは、どうしたら)

甘水の犯した罪を、娘として償わなければならないのか。あるいは母に代わって、斎森家に今まで騙《だま》していて申し訳なかったと謝罪するか。

どちらもしたくない、と思うのは、美世自身の罪になってしまうのだろうか。

やるせない思いが溢《あふ》れ、美世は両手で自分の顔を覆った。

『安心してよ、澄美ちゃん。ぼくが君を、君の大切なものをずっと守る。……君がそばにいてくれるなら』

先日聞いたものとは比べ物にならないほど優しい甘水の声音を最後に、夢は途切れた。

会議の翌日。

今日からは、美世も一日を対異《たいい》特務小隊《とくむしょうたい》の屯所で過ごす。

具体的には、朝、清霞《きよか》と一緒に家を出て、夕方一緒に帰宅する生活だ。美世の身の安全の確保が主な目的であるので、薫子《かおるこ》が護衛につくとはいえ、美世の行動範囲はごく狭くなる。

つまりは四六時中、清霞とともに行動するのだが、これが。

（い、居たたまれないわ）

いつも通り家で朝食をとって出かけ、屯所に着くまではよかった。

けれども、薫子と顔を合わせ、二人で清霞の執務室のソファで過ごしていても、することがない。

机のほうを見れば、清霞は真剣な表情で書類と向き合っている。

真面目に働いている婚約者の傍らで、ただ座って仕事の終わる時間を待っているのは気まずく、落ち着かない。

（でも、わたしが勝手に動くわけにはいかないし）

手伝いたい、といってそう簡単な話ではない。美世はそもそも部外者であり、しかも守られている身。勝手に動いたら迷惑がかかる。

「あ、私、お茶でも淹《い》れてきます」

薫子がにこにこと笑いながら、挙手して部屋から出ていく。

それならわたしが、と美世も申し出たいところだが、場所も何もわからない。慣れた様子の薫子が羨《うらや》ましい。

なんの役にも立たず、ただ守られているだけ、ぼうっと座っているだけなのは憂鬱《ゆううつ》だ。

(自分が情けない……)

美世が悶々《もんもん》と頭を悩ませているうちに、盆を持った薫子が素早く戻ってきた。

「お待たせしました～」

彼女は真っ先に清霞のところへ行き、カップを机に置く。

「隊長、珈琲《コーヒー》お好きでしたよね」

「……ああ、ありがとう。よく覚えてたな」

一瞬、軽く眉《まゆ》を寄せてから、口元を綻《ほころ》ばせる清霞。彼は仕事中にそんな表情をするのか、と美世は少々驚いてしまう。

薫子もうれしそうだ。

「いえいえ。隊長のことは、何でも覚えてますよ」

「お前な……」

いたずらっぽく、にやりと笑う薫子は可愛らしい。上司をからかうのは褒められたことではないだろうが、美世の目には、清霞もまんざらではなさそうに見えた。

(二人は本当に仲が良いんだわ)

よく考えたら、仕事をしている清霞のことを美世は何も知らない。

彼が珈琲を飲むなんて、知らなかった。家では緑茶ばかりで、珈琲なんて洒落《しゃれ》たものは美世には淹れられないからだ。

春に彼と出会ってから、まだ一年も経たない。

きっと一緒に働いていた薫子のほうが、美世より清霞のことをたくさん知っている。

元より、結婚とはそういうものだ。皆、よく知らない相手と見合いをし、結ばれる。そうして結婚生活を送るうちに互いを知っていく。

頭ではわかっていても差を突きつけられ、心がもやもやした。

「美世さん、どうぞ」

「あ、ありがとう、ございます」

少し暗くなった気持ちを隠すように笑みを作って、薫子から湯呑《ゆのみ》を受けとった。

だめだ、薫子は友好的に接してくれているのに、美世が暗い顔をして空気を悪くするわけにはいかない。

清霞だって、薫子を信頼しているから、彼女を美世の護衛にしたに決まっているのだ。そしてそれは、何より美世を思ってのこと。

不満を抱くことなんて、何もない。

（わたしにできることを、探さなきゃ）

軍に関係する仕事はできなくても、ほかの雑用なら美世にも何かできるはずだ。お茶汲《ちゃく》みでも、肩もみでも。この屯所から出なければ人の目もあるし、清霞もすぐに駆けつけられるから安全だと……思う。

よし、と内心で気合を入れ直し、美世はお茶を飲み干してから立ち上がった。

「あ、あの。旦那《だんな》さま」

「どうした」

机上から目を離さず答える清霞に、美世はめげずに続ける。

「わたしに、お仕事をください」

ぎょっとして顔を上げた清霞の目をじっと見つめる。すると、彼はため息を吐き、持っていた万年筆を置いた。

「だめだ」

「ど、どうしてですか」

「危険だからだ」

「でも」

「でも、ではない。今、この瞬間にも甘水はお前を狙っているかもしれないんだぞ」

強い口調ではないが、こう言われてしまうとぐうの音も出ない。

警備上の事情は美世には皆目わからず、その道の専門家である軍人の清霞の指示に従うよりほかにないからだ。

けれど、このまま引き下がったら、ただ置き物のようにここにいるしかなくなる。

「ど、どうしても、だめですか」

「お前は、本当に働きたがりだな。いつも頑張りすぎているくらいなのだから、今くらいゆっくりしていればいいものを」

「ゆ、ゆっくり……」

これほど困る言葉はない。

ただゆっくり休んでいるのは、美世にとっては働き続けるよりもよほど難しい。

「この間、別邸へ行ったときもさんざん働いただろう」

「それはそれ、これはこれだと思います……」

「お前は、最近本当に私の言うことを聞かないな」

眉を寄せて拗《す》ねた態度になる清霞に、美世の精一杯の反論も力を失くす。

別に働きたがり、というわけではない。

今までの美世の人生に、暇という概念は存在しなかった。だから、急に自由にしろと言われても困ってしまうだけだ。

何もせずじっとしているくらいなら、働いていたほうが何倍もいい。それに。

「でもわたしも、何かしたいんです。わたしも、薄刃《うすば》の血を引く人間ですから」

甘水が父親かもしれないからとか、甘水自身にどうこうではなく。

薄刃家には——祖父の義浪《よしろう》や新《あらた》には、家族として認めてもらった。ゆえに、同じく薄刃に連なる甘水に対して素知らぬふりはできない。

美世にも血族として負うべき責任はあると思うし、あってほしいと思うのだ。

「しかしな」

「いいじゃないですか、隊長。美世さんのことは私がちゃんとお守りします！」

どん、と拳《こぶし》で胸を叩《たた》き、薫子が頼もしく宣言する。

「陣之内《じんのうち》さん」

同じ軍人である彼女が味方になってくれれば、きっと清霞も許してくれる。そんな安堵《あんど》のようなものが浮かんだが、甘かった。

「陣之内、お前は軽く考えすぎだ。相手はあの甘水直だぞ。どんなに腕が立とうと、奴には関係ない。油断すれば、あっという間に命を奪われる」

鋭く睨《にら》むように清霞は目を細めるが、薫子も負けじと睨み返す。

「軽くなんて考えていません。ただ、護衛対象にひたすら我慢を強いて『守りました』というのは違うのではないでしょうか。少なくとも、私にとっての護衛任務とはそういうものではありません」

「……ずいぶんと生意気を言う」

「これでも私、旧都じゃ凄腕《すごうで》の女軍人なので。日々、嫌でも鍛えられていますしね」

「お願いします、旦那さま。わたし、ご迷惑はおかけしません。陣之内さんの言うことはちゃんと聞きますし、屯所からは出ません。だから」

美世が言い募れば、清霞は呆《あき》れたように再びため息を吐いた。

「はあ。仕方ないな。だが、軍務にお前をかかわらせるわけにはいかない。本当にただの雑用だけになるが、いいのか？」

「はい、構いません」

はっきりと返事をする美世に、清霞はやれやれと額に手を遣《や》る。

その姿を見ているといらない手間をかけさせてしまっているのが、ひしひしと伝わってくる。そしてたぶん、実際にそうなのだろう。

急激にやる気がしぼんでしまい、申し訳なくて前言撤回しそうになる。

「美世。また余計なことを考えているな？」

「えっ」

すかさず心中を読まれ、肩が跳ねる。

美世の思考がすぐ悪いほうへ、悪いほうへと転がり落ちてしまうのはもう癖のようなものだ。最初から悲観的な想像をしておけば、傷つくのは最低限で済む。

あまりに卑屈な考え方なのはわかっているけれど、これがなかなか変えられない。

しかし、清霞はそれさえ理解しているかのように、美世に微笑みかけた。

「美世」

「は、はい」

「これでも、婚約者の我がままくらい、叶《かな》える甲斐性《かいしょう》はあるつもりだ。気にするな」

何ということはない、仲のいい婚約者同士の間ならきっと、ありふれた言葉。

だというのに、ぼ、と美世は顔から火が出そうになった。

我がままと言われて恥ずかしいのと、清霞の微笑みが心底、自分を愛おしそうに見るものだとわかってしまったから――が半々。

彼は、こんなにも甘く人に接する性格だっただろうか？

とにかく心臓に悪く、眩暈《めまい》がしそうになって目を逸《そ》らす。

「あ、あの、はい。ありがとう、ございます……」

浅い呼吸をしつつ、なんとか返した美世に清霞は満足そうに首肯する。

「しかし仕事云々以前に、まずはこの建物の中を知っていないと困るだろう。ひとまず今日は見学してきたらどうだ」

「あ、それなら私がこれから護衛がてら案内します」

薫子が元気よく名乗り出て、今度はあっさりと許可が出た。

「そうだな。任せる」

「よろしくお願いします、陣之内さん」

「お任せください！　しっかり案内させていただきます」

こうして、美世は護衛の薫子とともに屯所内を見て回ることになった――のだが。

執務室を出る段になり、清霞からしつこく注意を受けた。

「いいか、私はここで仕事をしているから、何かあったらすぐ呼ぶんだぞ」

「はい」

「絶対に屯所の敷地内からは出るな。護衛がついているからといって、油断しないように」

「はい」

「あ、あの、隊長」

「隊員に何か言われても、適当に受け流しておけ。挨拶《あいさつ》しておくだけでいい。わかったか」

「はい」

「ましてや、不届きな言動をする輩《やから》がいたらすぐに逃げて、私に報告を――」

「ちょ、隊長！　いい加減、案内する時間がなくなります」

いつまでも終わらない清霞の安全確認を、とうとうしびれを切らした薫子が呆れ顔《がお》で止めた。

部下に止めに入られた清霞はといえば、少しだけ迷惑そうな表情である。

「陣之内。これは必要な確認事項だ」

「いやいや、もう十分伝わっていますから。美世さんは私がしっかりお守りしますし」

ね、と薫子から同意を求められ、美世はこくこく首を縦に振る。

清霞はたまに、とても心配性だ。甘水の存在が危険なのは承知の上だし、心配してもらえるのはうれしいけれど、美世も子どもではない。ここまで細かに言いつけなくてもいいのに、と少しだけ不服に感じる。

「……わかった。くれぐれも、気をつけていってこい」

大きな手のひらが、美世の頭を優しく撫《な》でる。

やっぱり子ども扱いみたいだけれど、ついまた赤面してしまった。

「はい。ありがとうございます、旦那さま」

「ああ」

恥ずかしくて顔を上げられないまま、美世は薫子と執務室をあとにした。

◇◇◇

婚約者と部下の後ろ姿を見送り、扉が閉まるのと同時に清霞は軽く息を吐いた。

(……私は、いったいどうしたいのだろうな)

美世に対してはずっと、愛おしさを抱いていた——と思う。

傷だらけの彼女を自分が守って大切にしていくのだと、その気持ちは彼女と知り合って、彼女の過ごしてきた時間を知ったときから、変わらずにある。

けれど、それは最初から恋愛の意味の『愛』だったわけではない。

(先代に言われて気づくとは、なんとも不甲斐《ふがい》ないことだが)

愛、などと言われ、自覚してしまったら、意識せずにはいられない。自分の胸のうちにあるものを。

椅子に深く腰かけ、ふと、視線を机上に落とす。

美世を生涯、大切にする。はじめからそれは決めていたはずなのに、今はもっとたくさんのことを求めてしまう。

同じだけの心を返してほしいとは、願わない。

ただ傷つけないように、泣かせないように大事にしたい。危険に巻き込みたくない。できるなら、いつでも清霞の目の届く範囲から出ないで、離れずにいてほしい。

「…………」

とんだ危険思想だ。いったい、何を考えているのか。急に羞恥心《しゅうちしん》が湧いてきて、清霞は空を仰いだ。

美世は日々、最初の頃からは見違えるほど成長している。

もう誰が見ても立派な淑女であり、誰の前でも自然に振る舞える。それは彼女自身が、そして清霞も望んだことだ。けれど。

どこへも行かず、清霞のそばで、そのままでいてくれたらと、心のどこかで願う自分がいる。甘水にも、誰にも触れられない場所に閉じ込めておけたら心穏やかにいられるのにと。

（くだらない……ただ自分が楽をしたいだけの、あさましい欲望だ）

それでも、甘水の存在に、言葉に怯《おび》えながら、それを必死に押し隠して気丈に振る舞う彼女を見るたびに、どうしたらいっさいの恐怖や悲しみから守れるのかと考える。

清霞はかぶりを振り、邪念を払った。

ともかく、美世は変わってきている。初対面の薫子が相手でも上手《うま》くやれるだろうし、いくら婚約者でも、清霞が彼女の自由を制限するわけにはいかない。

だから、あれでよかったのだ。

（春までに必ず、甘水を捕まえる）

美世を悲しませたくないならばなおさら、今は甘水と異能心教《いのうしんきょう》を一刻も早く始末するべきだ。

手元の資料に目を落とす。

甘水が美世の父親か否か――もし本当に美世の実父が甘水であれば、すべてが覆るかもしれない。

調査の結果でいえば、薄刃澄美の婚姻と美世の生まれた時期からして、美世の父は高い確率で斎森真一《しんいち》であるといえそうだ。しかし絶対はない。薄刃澄美が嫁いでから甘水と会っていた可能性も皆無とは言い切れないのだ。

甘水が実父であったなら、美世に対し、親としての権利で迫ることもできてしまう。一方で、甘水がなんらかの思惑で美世を娘と呼んだだけとしても、甘水がそれほどまでに美世を欲しているという証拠になる。

どちらにしろ、もう彼女を巻き込まずにいるのは不可能だ。

（どうしたものか）

なるべく美世も危険にさらさず、甘水と対峙《たいじ》し、捕らえる方法は。

清霞は出口の見えない思考の中に身を沈めた。

◇◇◇

心なしか早足で廊下を進む。

清霞の気配から逃れるように歩く美世のうしろで、薫子が笑いを漏らした。

「隊長って、婚約者相手にはあんな感じなんですね。意外でした」

「……仕事中は、きっと違いますよね」

足を止め、美世は熱くなった頬を押さえつつ、振り返って呟《つぶや》く。

「それはもちろん。隊長は普段、自分にも他人にも厳しい方ですから」

「陣之内さんにも？　陣之内さんは……その、旦那《だんな》さまの婚約者候補だったんでしょう？」

あまりしたくない質問ではあったが、気になってつい口に出してしまった。

(わたしの馬鹿)

薫子が、厳しかったと答えたら二人が一緒に仕事をしている様子を想像してしまうし、厳しくなかったと答えられても、彼女が特別だったのだと思い知らされて苦しい。

こんな愚問はない。

美世の心中を、薫子は察しているのか、いないのか。あっけらかんと笑い飛ばした。

「私はあんなふうに甘やかされたことはありませんよ。さっきは本当に驚いたんですから。あの久堂《くどう》さんが、あんな締まりのない顔で話しているのを初めて見ましたし、おまけに注意がしつこい。この数年でいったい何が、ってつっこみたいところでした」

後頭部に手を遣って、なはは、と朗らかに笑う姿は眩しい。

「そう、なんですか」

「そうですよ。ただまあ、隊長が厳しくて、でも優しい人だっていうのはよく知っていますけど」

ふとのぞいた穏やかな表情が、ちくりと胸に刺さる。

清霞の優しさに彼女も気づいているのだと聞くと、とてもその顔を真っ直ぐには見られなかった。

　会話が途切れ、どちらからともなく二人は並んで再び歩き出す。

　ふいに「あ、そうだ」と薫子が手を打った。

「私、美世さんにずっと言いたいことがあって」

「？　なんでしょうか」

　横を歩く、女性にしては長身な薫子を見上げると、彼女は期待に満ちた瞳《ひとみ》をこちらに向けている。

「私たち、実は年が近いんですよ。私は二十なので」

「あ……はい。確かに」

　美世も年が明けたら二十歳《はたち》になる。薫子はひとつ年上のようだ。

　そういえば今までの人生で、近い年頃の女性にはなかなか会わなかった。

　いくら記憶を掘り起こしてみても、小学校に通っていたときと、実家の使用人が何人か、あとは異母妹くらいだろうか。

　こうして薫子と会って話しているのが、ずいぶんと稀有《けう》な機会に感じる。

「私たちって結構、共通点が多いと思うんです。この年でまだ未婚だったり、異能者だったり。しかも、美人」

おどけて言う薫子に、つられて美世も小さく笑う。

自分が美人だとはまったく思わないが、冗談めかした言葉は嫌みがなくて素直にうれしく、なんだかおかしかった。

「それで、ええと……何が言いたいかっていうと。私たち、いい友だちになれるんじゃないかな、ってことなんですけれど」

「友だち、ですか？」

「はい。これからしばらく一日の長い時間を一緒に行動するわけですし、話も合いそうなので、気楽な関係のほうが身構えなくていいでしょう、お互いに」

「……はあ、まあ」

「それに私、友だちが少なくて。美世さんが仲良くしてくださったら、うれしいです。私を助けると思って、友だちになってくれませんか」

立ち止まり、笑顔で差し出された手をとるか、わずかの間、迷う。

友だちになるといっても、美世には友人がいたことがない。具体的にどうしたら友人関係と呼べるものになるのか、見当もつかないのだ。

それでも、迷ったのはほんの数瞬だった。

美世はおずおずと自分の右手を出し、薫子のそれを握る。

「わたしでよければ……よろしくお願いします」

「やった！　こちらこそ、よろしくお願いします！」

心からうれしそうに、今にも飛び跳ねて喜びそうな薫子を見ていたら、自分がすごく良いことをした気分になった。

立ち姿は凛《りん》として格好よく、一方でこうして明るい彼女は可愛らしくて、つくづく魅力的な女性だと思う。

「じゃあ、敬語もなしでいいですか？　美世さんも普通に話してくださって構いませんから！　あと、私のことは陣之内、ではなく薫子と呼んでください」

両手を握られ、満面の笑みを浮かべた美貌《びぼう》に迫られて、美世は圧倒されながらうなずいた。

言葉遣いなど、気にするまでもない。立場の上下でいえば、清霞の婚約者とはいえ実家が弱い美世のほうが下になるだろうし、そもそも軍においてはただの部外者なのだ。

守ってもらうからといって、別に美世が偉くなったわけでもない。

「本当に!?　ありがとう。は～、よかったあ、断られなくて。美世さんは優しいね」

「いえ。元から、立場の上下なんてありませんから。……でも、あの、お名前で呼ぶのは」

「あ、呼びづらい……？」

「そういうわけでも、ないのですけど」

「ぜひ、薫子って呼んで。実は私、苗字《みょうじ》で呼ばれるのはあまり好きではなくて」

「え、あの、どうしてですか？」

陣之内、という家名はすごく立派だ。嫌うようなものではない。

首を傾げていると、薫子は眉《まゆ》を下げて頬をかく。

「なんだか、陣之内って苗字……厳《いか》ついというか、仰々しいというか」

「そうですか？」

確かに可愛らしい字面ではないかもしれない。薫子は見た目が凜々《りり》しいので意外だが、女性らしく可愛らしいほうが好みなのだろうか。

なるほど、と美世が納得するのを感じとったらしく、軍装の麗人は焦ったように続けた。

「ま、まあ、とにかく、薫子でよろしく！」

「はい」

薫子はうなずく美世を見て安堵《あんど》したように息を吐き、「早く行こう」と促した。

ぎしぎしと軋《きし》む木造の廊下を少し進んだ先に、『給湯室』の札がかかった扉があった。

どうやらここが最初の目的地らしい。

「さて、美世さん。まずは、ここが給湯室——」

案内役に張り切りながら、上機嫌で半分ほど扉を開けた薫子だったが、その声は途中で小さくなり、呆然《ぼうぜん》と立ち尽くして固まった。

いったいどうしたのかと心配になり、美世も給湯室の中を覗《のぞ》き込む。

（わあ……）

明かりのない室内は薄暗く、冷たくて湿った空気が澱《よど》んでいるように感じる。よく目を凝らしてみれば、あちこちにごちゃごちゃと物が散乱し、かろうじて足の踏み場だけが確保されているような、ひどい有様だ。

しかし、美世が部屋の中を見られたのはほんの一瞬だった。

大きな音を立て、薫子が開きかけた扉を勢いよく閉めてしまったからだ。

「あ～！　そうだった。給湯室は今、使えないんだった！」

美世のほうを振り返った彼女は、顔を引きつらせ、驚くほどの棒読みで声を上げる。

給湯室が使えないとは、これいかに。

屯所内には簡易的な厨房《ちゅうぼう》と小さな食堂があるので、そこで茶や珈琲《コーヒー》は淹《い》れられるとしても——先ほど、ついほんの少し前に茶を用意してくれたのは、薫子本人である。まさかうっかり失念していた、なんてことはあるまい。

確かに一瞬だけ見えたあの惨状では、使用は難しいかもしれないけれど。

「いやあ、使えない設備を紹介しても仕方ないよね〜！　あはは」

続けて棒読みで言いながら、目を泳がせる薫子を、じ、と見つめる。

無言の時間は、数秒のこと。

薫子が観念したように、「見ちゃった？」と訊《たず》ねてきたので、美世は躊躇《ためら》いがちに首を縦に振る。

「……はい。見えてしまいました」

あの室内の惨状があまり人に見せられるようなものではないのは、美世にもわかる。

薫子は再び扉を開けながら、力なく肩を下げる。

「一応、弁明させてもらうと、やっぱり軍って男所帯だから、どうしても行き届かないところが多くなりがちで」

この屯所にいるのは男性ばかりだ。

掃除や洗濯などは当番制らしいが、男性は慣れない者が多いだろうし、軍施設である以上は機密を保持するため、外部から雑用係として人を雇って代わりにやってもらうのもなかなか難しいらしい。

見習いや新人に任せようとしても、対異特務小隊は常に人手不足なので即戦力として期待され、雑用にまで手が回らないとか。

「す、すごいですね」

あらためて覗き込めば、給湯室はやはり相当荒れている。

なんとか湯を沸かし、茶を用意するくらいはできそうだが、埃《ほこり》やら黴《かび》やら——衛生的にあまり褒められた状況ではない。

薫子は嘆息し、臭いものに蓋《ふた》とばかりに再び扉を閉めた。

「私が以前ここにいたときから、いっさい掃除されてないような気がする」

「あの、それってどれくらい……？」

「えーと、だいたい四、五年？」

想像よりもとんでもない歳月が流れている。

それだけの間、最低限、使用可能な状態を保つだけの掃除しかされてこないとああなってしまうのか。あまり知りたくない現実だった。

思わず美世が口元に手を当ててると、薫子は肩をすくめた。

「……というわけで、これ以上はとても見せられないから次に行こう」

「はい」

うなずきつつ、美世は掃除なら自分が、と志願しようか迷い、やめる。

まだ案内の途中だし、どちらにしろ清霞の執務室に戻って訊《き》いてみないとどうにもならない。

「さて、じゃあ次は――っと」

薫子の案内で屯所の中を見て回るのは、想像よりも楽しかった。

給湯室の次は事務室や資料室、中庭、厨房に食堂。更衣室や倉庫の中まではさすがに見なかったけれど、薫子が少し覗いてみて「汚い！」と叫んでいたので、給湯室と同じように散らかっていたのかもしれない。

一方、食堂はあまり広くないけれど、清潔感があって綺麗《きれい》だった。

ここの厨房には、退役した元軍人の男性が料理人として勤めている、らしい。美世が薫子の案内で顔を出したときにはあいにく会えなかったが、なんでも職人気質の気難しい人で、彼のこだわりで食堂も厨房も清潔に保たれているのだとか。

「ここの食堂の料理はすごく美味《おい》しいの。旧都の屯所で出る仕出し弁当も悪くはないんだけど、ここの出来立ての料理と比べるとね～」

と、薫子がうっとりした目で言っていた。

それを聞いて、美世ははっとする。

（じゃ、じゃあもしかして、旦那《だんな》さまも本当はここのお料理が良かったりするのかしら……）

弁当はどんなに美味しく作っても、食べる頃には冷めている。そんなに美味しくて温かい食事をとることができるなら、きっとそのほうがいいはずだ。

今度、訊いてみなければ。

そんなことを考えながら歩いていると、ふと気になることがあった。

（なんだか、視線を感じる）

廊下を薫子と二人で歩いているとき、あるいは各部屋に顔を出したとき。行く先々で、隊員たちのどこか不躾《ぶしつけ》な、様子をうかがうような目を向けられた。

昨日は感じなかった視線。薫子の言うようにここは男所帯だから、女二人でいる様子が珍しいということだろうか。

しかし物珍しさというよりは、美世が斎森家で向けられていたものと似た、仄暗《ほのぐら》い感情がこもっている気がしてならない。

「じゃ、最後は道場ね」

薫子の案内も終わりが近づいてきた。

実は、気の利いた話もできない自分が相手では、彼女はあまり楽しくないのではないかと密かに心配していたが、薫子も終始笑顔で楽しそうだったので少し安心する。

「道場は大好きだから、一番最後にとっておいたんだ〜」

「大好き？」

「うん。私、実家が道場でね。小さい頃からずっと入り浸っていたから、道場が一番落ち着くの。……って言うと皆、やっぱりねって顔をするんだけどね」

「薫子さんが格好いいからですか？」

「ははは。格好いいなんて、そんなふうには言ってもらえないよ。ほとんどの場合、男らしいって言われるかな」

おどける薫子の顔は、笑みを浮かべてはいてもどこか寂しそうに見えた。

確かに、女性なのに男らしい、と評されるのは複雑だろう。言った人は軽い気持ちだったのかもしれないけれど。

美世は昨日から気になっていたことを訊いてみた。

「あの、そういえばわたし、軍人さんって男性しかいないと思っていました。薫子さんのほかにも、女性の軍人さん、いらっしゃるんですか？」

一般的に、軍人になれるのは男性だけだ。おそらく美世が知らなかっただけ、というわけではなく、世間的にもそうなっているはずである。

この屯所にしても、更衣室や御手洗いは男性用しかなく、とても女性軍人に対応しているようには見えなかった。

美世の問いに、薫子は「ああ、そうだよね」とうなずいた。

「うん。普通なら女は軍人になれないよ。だから美世さんの認識で間違ってない。ただ、こと対異特務小隊に関しては特別だから、旧都には私のほかにも女性軍人がいるよ」

「特別？」

「そう。ほら、異能者はただでさえ少ないでしょ。だから、ある程度の戦闘能力が認められれば、女でも入れるんだ。異能者なら女でも下手な男より強いし、それだけ国としても自由にできる戦力が増えるってことだから。ちなみに、正規の軍人扱いではないけど、対異特務小隊なら学生でも働けるよ」

「学生でも……」

「私も結構早くから助っ人として働いていたんだよね。十四、五歳くらいの頃から。とはいえ、学生の助っ人にしろ、女の軍人にしろ、数はかなり少ないかな。ご覧の通り、今ここには私しか女はいないしね」

なるほど、と美世は納得する。

美世も清霞と出会い、自身も異能を持つ身となって、異能者がどれだけ特殊な立場にあるかようやくわかってきた。

異能者の主要な任務は異形《いぎょう》を倒すことだが、戦争が起きたら強力な対人兵器となる。だから軍の命令で異能者を使えるように、対異特務小隊があるのだ。

(薫子さんは……言わないけれど)

女性の異能者も戦力になるので入隊を許されてはいるが、結婚し、次世代の異能者を生むことを望まれているのは明白で、誰もがそうして当然と思っているからやはり女性軍人は少ないのだろう。

異能者に認められた特権は多い。けれど、人として見られていない。

苦いものを口に含んでしまったような気持ちで、薫子のあとについて道場へ顔を出した。

「さて、到着だよ」

道場は広く、ひとつの建物として独立しており、屯所とは渡り廊下で繋《つな》がっている。

ざっと、十人ほどだろうか。道着を身にまとった隊員たちが木刀で打ち合いをしたり、組手で汗を流していた。

「竹刀ではないんですね」

「剣道じゃなく、あくまで実戦で使える剣術だから」

そんな話をしていると、「陣之内、来たのか」と薫子に横から低い声がかけられた。

声の主は、特別長身ではないが、鍛えているとひと目でわかるがっしりした体格で、理知的な雰囲気がある顔立ちの男性だった。

昨日の会議で見覚えがある。確か、百足山《むかでやま》、という名の班長だったはずだ。

「百足山班長。お疲れさまです」

「そっちこそ、久しぶりの帝都で疲れているんじゃないか？」

「いえいえ。気合十分なので、疲れてないですよ」

百足山は、くく、と喉《のど》を鳴らして笑い、ふと美世のほうを見た。

「これはこれは、隊長の婚約者殿。ご挨拶《あいさつ》が遅れまして」

「……こんにちは」

軽く会釈をして答える美世を、百足山は静かな視線で射貫《いぬ》く。まるで、美世の中の何かを見極めようとしているかのように思える。

「どうも。自分は、班長の百足山です。——ここへは、どのような用向きで？」

細められた目に、威圧感が増した。

試されている、と感じるのは、考えすぎだろうか。いや、きっと本当に試されているのだ。清霞の婚約者としても、薄刃に連なる者としても。

むしろ、そうされない理由がない。

「はい。薫子さんに、屯所内を案内していただいている途中です」

落ち着いて、はっきりと答えると、百足山はただ「そうですか」とだけ返す。そしてそのまま壁に立てかけてある木刀を手にとり、薫子に差し出した。

「陣之内、久しぶりに一本どうだ？」

「ええ……でも私、護衛任務中ですし」

「そうやって、ここにいる間何もしないつもりか？　鍛錬しないと腕が鈍《なま》るぞ。婚約者殿は俺が見ているから、一本やってこい」

「うーん、そうはいってもですね」

しばらく考え込んだ薫子だったが、最後には躊躇《ためら》いつつ木刀を受けとった。

「じゃあ、お言葉に甘えて一本だけ」

薫子は軍服の上着を脱いで壁際に放り、腕まくりをする。

百足山の指示で、彼女の相手をするのはまだ隊に入って二年目だという若い男性の隊員に決まった。

「お願いします」

「……お願いします」

二人が互いに礼をし、さっそく試合が始まった。

美世の素人目に見ても、青年隊員のほうは妙に薫子を意識している様子で、最初から積極的に打ち込んでいく。一方の薫子は涼しい表情で、その攻撃を次々に受け流す。

（すごい）

おそらく、薫子は相当腕が立つのだろう。まだまだ余裕がありそうだ。

いつの間にか、道場にいた他の隊員たちも興味津々で二人の試合を見ている。

「頑張れー！」

「女に負けたら恥ずかしいぞ！」

そんな声がちらほらと上がった。

「婚約者殿は、どちらが勝つと思いますか」

ふと隣から投げかけられた問いに、美世は少し驚く。まさか、百足山から話しかけられるとは思わなかった。

しかしどちらが、と言われても、答えるのはなかなか難しい。

美世の目には薫子のほうが余力がありそうに見えるけれど、やはり男女には単純な体力や腕力にも差があるし、薫子は未《いま》だ攻撃を躱《かわ》してばかりで反撃していない。

わずかに逡巡《しゅんじゅん》して、

「……薫子さん、でしょうか」

と、正直に感じたままの答えを返せば、彼は静かにうなずいた。

「まあ、そうでしょうな。実力は陣之内が何枚も上手《うわて》ですから。……彼女が女でなければもっと、とんとん拍子で出世できたはずだ」

――女でなければ。

何気ないひと言が頭の中に残って、こびりつく。

つまり女は、いくら実力があっても無駄である。そんな意味なのだと世間に疎い美世にも理解できた。

「あなたも、無関係な話ではないですよ」

「え？」

隣を見上げると、こちらを見下ろしていた百足山と目が合った。

しかし彼の瞳《ひとみ》には、何の感情も浮かんではいない。美世を見てはいるけれど、きっと興味はないのだろうと思わされる。

いや、それよりも。無関係ではないとは、どういう意味なのか。

百足山は気怠そうな声音で続けた。

「あなたに屯所内をうろうろされると迷惑だ、と考える隊員も少なからずいるという意味です」

「迷惑……」

「歓迎される理由はないでしょう。——あなたは隊長の婚約者だから堂々と何かする馬鹿者はいませんが、それだけです。素人の、しかも戦力にもならない女性にここにいられても邪魔なだけと考える彼らの気持ちは、自分にもよくわかる。我々は誇りをもってこの職に就き、ここにいるので」

美世は、足元に視線を落とした。

「おまけにあなたは薄刃の血縁。いわば、異能者でありながら異能者の敵だ」

「……！」

「そんな人間にそばをうろちょろされて、気分のいい異能者はいませんよ」

「敵……」

その一語の重さに、血の気が引く。

薄刃をそんなふうに表現されるのは初めてだ。けれど、あながち否定もできない。

薄刃の異能は、いざというときに異能者を止めるためのもの。美世の持つ夢見の力もそうだ。美世自身がまだ異能者として未熟なため、さほど使い勝手の良さはないが、理論上は眠っている人間相手なら生かすも殺すも自由自在だ。

——怖い、忌々しい、鬱陶《うっとう》しい。

そんな負の感情を抱かれ、敵視されても不思議はないのだと、気づかされる。

きっとこれは、薄刃が表舞台に出てきたことによる弊害。

「自分は別に、頭ごなしに物事を決めつけるつもりはありません。が、そのように考える者がここにはいるということを、覚えていてください。そして、何か余計な行動を起こそうとしないように」

「……はい」

百足山にしっかりと釘《くぎ》を刺され、目を伏せる。

彼は、正しい。

ようやく、案内の途中で感じていた視線の正体を思い知った。

(わたしが、薄刃だから)

美世にとっての薄刃家は、やり方は強引ではあったけれど自分を家族として迎えてくれた、恩のある家で。それ以上でもそれ以下でもなく、恐怖を覚えることも、疎ましく感じることも一度とてなかった。

でもそれは、美世に異能者としての自覚がなく、異能者の世界を知らなかったせいにすぎない。

そして今、何か仕事をして、役に立ちたいと美世が思うことこそ、彼の言う余計な行動に違いない。いくら清霞が許可しても、他の隊員たちの感情まではどうしようもないのだ。

（わたしは、我がままなのかしら）

美世が小さくため息を吐《つ》いた、ちょうどそのとき。試合を観戦していた隊員たちがどっと沸いた。

どうやら一瞬の隙をつき、薫子が相手の木刀を叩《たた》き落《お》として勝負が決したらしい。

「ありがとうございました」

「……っ、ありがとう、ございました」

青年隊員は、憎々しげに薫子を睨《にら》みつける。しかし薫子が気にも留めずに背を向ければ、真っ赤な顔で大きく足を踏み鳴らしながら道場を出ていった。

見ていた隊員たちも皆、不機嫌そうに薫子に対して悪態をついている。

正直、あまりいい空気とはいえない。

「薫子さん、お疲れさまでした」

「ありがとう」

戻ってきた薫子に手《て》拭《ぬぐ》いを渡して労わると、彼女は晴れやかに笑う。

彼女が他の隊員たちの反応を気にしてなさそうなのが救いだ。

「やっぱり、試合は楽しいなあ。いい運動になったし。……百足山班長も、誘っていただいてありがとうございました」

「腕が落ちていないようで何よりだ」

「むしろ、昔より上がっていたと思いません？」

「さあ、それはどうだかな」

笑い合う二人に、わだかまりは感じられない。

百足山の、頭ごなしに物事を決めつけない、という言葉はおそらく、本心からのものなのだろう。少なくとも、彼は誰かに対して偏見を持たないように気をつけているのだとわかる。だから、ちゃんと実力がある薫子は認められているのだ。

（わたしは……）

薫子のように、戦う力はない。異能も使いこなせない。

百足山の言う通り、何もできない上に甘水に狙われているので、ただ単に厄介ごとを持ち込んでいる身でしかない。端的にいえば、皆の面倒を増やすだけの邪魔者だ。

そうだとしても、自分は清霞の婚約者としてできることをするしかなく、どんなに願っても、背伸びをしても、美世にできる限られた範囲で精一杯やるしかない。

けれど、それが歯痒い。こうしてひとりだけ場違いだと突きつけられたら、薫子のように清霞に頼りにされるのが――羨《うらや》ましくて、たまらないのだ。

◇◇◇

日が暮れてから、美世と清霞が揃《そろ》って家に帰りつくと、まだゆり江《え》が残っていた。

「おかえりなさいませ。坊ちゃん、美世さま」

玄関で微笑みながら出迎えてくれるゆり江の姿に、ひどく安堵《あんど》する。美世は張り詰めていた気持ちが解けて、ようやくいつも通りに息ができるような気分を覚えた。

「今帰った」

「ただいま帰りました」

外は日没とともにすっかり寒くなっているけれど、家の中はかなり暖かい。

「さ、坊ちゃんはすぐに着替えをなさって。美世さまも居間で休んでいてください」

「あ、いえ、わたし手伝います！」

美世は素早く立ち上がって家事に戻ろうとするゆり江に慌ててついていく。

台所に入ると、すでに夕食の準備はほとんど済んでいた。

「美世さま、お疲れではないですか」

棚から食器を取り出しながら、ゆり江が心配そうに問うてくる。

美世は「いいえ」といったん答えてから、視線を足元に落とす。こう訊《き》かれたということは、自分は相当に疲労感を漂わせているのだろうか。

とはいえ、今日はさほど疲れることはしていない。

「いいえ、身体はあまり」

普段から体力勝負で家事をしている身としては、今日はむしろ楽なくらいだった。だから、帰宅した途端にどっと押し寄せてきたのは、いわゆる気疲れかもしれない。

薫子が現れてからというもの、常に心のどこかに重しが載っているようで、さらに百足山の言葉で思い知らされた現実にますます落ち込んでいた。

知らずため息を漏らすと、ゆり江は「あら……」と口元に手をやった。

「美世さま。少しそこにおかけになって」

ゆり江が台所の隅に置かれた小さな椅子を指し示す。

美世は突然のことに首を傾げた。

「え、でも」

「坊ちゃんのお着替えが終わるまで、まだかかるでしょうから」

有無を言わさぬゆり江の笑顔に気圧《けお》される。普段は穏やかで優しい彼女が、怒ると大変なことになるのは体験済みだ。

ここは大人しく従っておくに限る。

「少しお待ちくださいな」

言われた通りに美世が椅子に腰かけたのを見届け、ゆり江は何かを鍋《なべ》に入れて火にかけ出した。

しばらくぼんやりと待っていると、湯気の立つ椀《わん》がそっと渡される。

「どうぞ、美世さま」

「ありがとうございます」

何も考えずにそれを受け取った美世は、中身を見て目を丸くした。

椀をたっぷりと満たしていたのは甘い香りのする、温かく、とろりとした白いもの。

(甘酒だ……)

両手で椀を包みこめば、指先から温もりが広がっていく。

「もうずいぶん寒くなりましたから、ちょうど今日、買っておいたんですよ」

「ごめんなさい。わたし、お手伝いをしにきたのに」

「いいんですよ。さ、冷めないうちに早く召し上がってくださいな」

ゆり江の笑顔にほっとして、美世は椀に口をつけた。

熱々の甘酒は蕩《とろ》けるほど甘く、舌に残る米粒の独特な食感も美味だった。この甘さを味わうのはいったい何年ぶりだろう。

「美味しいです」

美世は熱い息を吐く。

強い甘味は鉛を呑《の》んだような胸の重さまでも、溶かしていく気がする。ゆり江の気遣いの温かさとで、涙が出そうになった。

「ふふ。買っておいて正解でしたねえ」

ゆり江に笑みを返し、美世はゆっくりと少しずつ甘酒を飲み干す。

椀の中が空になる頃には、心がいくらか軽くなっていた。

「ゆり江」

ちょうどそのとき、台所の戸口から声がして振り向くと、着替え終わった清霞が顔を覗《のぞ》かせている。

「あら、坊ちゃん。どうされたんです？」

「……外はもう暗い。帰るなら、途中まで送っていく」

「あらまあ、いけない」

そういえば、美世たちが帰宅したときにはすでに暗かった。

美世は立ち上がって持っていた椀を流し台に置く。

「ゆり江さん、あとはわたしひとりでできますから」

「ああ、そうですね。ではお任せします」

「美世、お前も来い」

「え？」

美世が思わず首を傾げると、清霞は呆《あき》れたようにじとり、と半眼になった。

「お前、自分が狙われていることを忘れたのか」

「いえ、忘れていたわけでは……。あの、でも少しの間のことでしょう？」

ゆり江の家は遠くないし、冬は早く暗くなってしまうので、ゆり江の家族が途中まで彼女を迎えにくる。清霞が留守にするのはほんの短時間だ。

決して甘水を侮っているわけではないが、そのわずかな時間を狙って甘水が空き巣のような真似をするのは、想像がつかなかったのだ。

けれども、清霞の顔は美世が言葉を連ねるたびに険しくなっていく。

「だめだ。言うことを聞け」

厳しい口調だった。

清霞は美世を心配して、守ろうとしてくれているのだから、逆らうべきではない。美世に護身の技術がないので当然のことだ。

しかし、どうしても今日目の当たりにした清霞の薫子への信頼感と比べてしまい、なんともいえない気持ちになった。

「……わかりました」

なぜ、こんなにも薫子と清霞のことが気になってしまうのだろう。

美世は自身の感情に戸惑いながら、静かにうなずいたのだった。

ゆり江を無事に送り届け、美世と清霞は月と星の光を頼りに真っ暗な夜道を二人で歩いていた。

往路はゆり江がいたのでなんとか間がもっていたが、二人きりになるとたちまち会話がなくなり、どこか気まずい空気が流れる。

（わたしのせいよね）

美世は転ばないよう足元を注視しつつ、反省した。

別邸から戻ってから、気恥ずかしさやら薫子とのことが気になるやらで、以前のように清霞と接することができない。

沈黙が流れる中、美世はふいに思いついて、少し前を歩く清霞の背に声をかけた。

「あの、旦那《だんな》さま」

「なんだ」

「……わたし、お弁当を作らないほうがいいですか」

何気ない問いかけのつもりだった。

昼間、薫子から屯所の食堂の料理が美味《おい》しいと聞いたので、清霞も本当は弁当よりもそちらのほうがいいのではないかと気になったからだ。

けれども、清霞は「は……？」と声を漏らし、立ち止まって振り返る。

「なぜ？」

――その表情は、美世が未だかつて見たことがないほど、驚愕《きょうがく》と動揺と悲嘆に染まっていた。

せいぜい、いつものように簡潔な返事が返ってくるのみと想像していた美世は、予想外の大きな反応に戸惑う。

「えっと、それは……あの、薫子さんから屯所の食堂の話をお聞きして」

冷や汗をかきながら答える美世を、清霞は凝視してくる。

「それで？」

「食堂のお食事がすごく美味しいとおっしゃっていたので、もしかして旦那さまも……」

「ありえない」

清霞は美世の言葉をぴしゃり、と遮った。

いったい、何が気に入らなかったのか。何もわからない美世は目を白黒させるしかない。

「あ、ありえない、のですか……」

「ありえない。美世、私はお前の弁当を食べたくて食べている。食堂の料理などよりもだ。作るのが負担だとか、……作りたくなくなったならやめても構わないが、できれば、今後も作ってほしい」

どこか切実な響きを帯びた清霞の訴えが、胸に染み入る。

ただ弁当を作ってほしいと言われただけなのに、自然と頬が上がってしまうほどうれしい。

(旦那さま、喜んでくださっていたんだ)

元は美世が勝手に作り始めた弁当だったので、清霞がいらないと言えばすぐさまやめるつもりでいた。

けれど、やはり実際にいらないと言われたら傷ついただろうし、今は清霞が必要としてくれているとわかって天にも昇る思いだ。

美世は無自覚に弾んだ声で答えた。

「はい！　これからもお弁当、作らせてください」

「ああ」

清霞の口元が綻《ほころ》ぶ。

「美世、手を」

「？　はい」

言われた通りに片手を差し出すと、清霞の大きな手が伸びて、摑《つか》む。そしてそのまま、ゆっくりと引っ張られた。

「暗いからな。こうしていたほうが安全だろう」

「は、はい……」

清霞と手を繫《つな》いでいる。

状況を理解した瞬間、身体が熱を持ち、冷たくなっていた美世の手はあっという間に熱くなった。

「……私を、嫌わないでほしい」

結ばれた手と手にすべての意識を向けていた美世は、前を行く清霞の小さな囁《ささや》きには気づかない。

二人は先ほどと打って変わって、心地よい静寂に包まれて夜道を歩いていった。

三章　友人との過ごし方

ひと口に雑用といっても、さまざまな仕事がある。とはいえ、美世《みよ》にできる雑用は限られていた。

「やっぱり、こっちしかないわよね」

美世は襷《たすき》で着物の袖《そで》を上げながら、誰にともなく呟《つぶや》いた。

清霞《きよか》から与えられた選択肢は二つ。荒れ放題の給湯室その他の清掃、または資料室で資料の整理だ。少し迷ったが、美世は掃除を選択した。

資料はどうやら、異形《いぎょう》に関する事件の報告書などの類らしい。なにしろ日常的に溜《た》まっていくものなので、放っておくとだんだん乱雑に積み上がっていってしまうのだという。

清霞には、資料を整理すると異形について多少は理解が進むだろうと助言をもらったが、いくら薫子《かおるこ》が協力してくれるとはいえ、素人の美世が上手《う ま》くできる自信はない。

(それになんだか気が引けるもの……)

きっと報告書などを眺めていれば、清霞の仕事上の活躍なども垣間見える。ただ、そこへ踏み込むのは躊躇《ためら》ってしまう。

上着を脱ぎ、腕まくりをする薫子を横目でちらりとうかがう。

（気にしないほうがいいのは、わかっているけれど……）

ついつい意識しては、ため息を吐くのを繰り返してしまう。

薫子が清霞の婚約者候補だったことを聞いてから、過去を知りたい欲求が高まっている自覚はある。

清霞の過去。清霞と薫子、二人の過去。いったいどんな関係だったのか、二人の間にあった感情。もしかして恋仲だったとか――。

（恋仲だったら、どうするの）

二人が過去に恋仲だったとして、いったい自分はどうしたいのだろう。

誰かを咎《とが》めるのは違う。過去に誰と誰が繋《つな》がっていたとしても、美世には直接関係のある話ではない。軽率に踏み込むべきではないし、責めるなんて以《もっ》ての外だ。

知りたくない。でも、知りたい。

「はあ、どうしたら」

「何が？」

無意識の呟きに答えが返ってきて、美世は飛び上がった。

「か、薫子さん！　驚かさないでください……」

「ごめんね、別に驚かすつもりはなかったんだけど。深刻そうにしてるからどうしたのかなって」

美世は驚きに跳ね上がった心臓を宥《なだ》めつつ、薫子を振り返る。

しかし、それほど深刻そうな顔をしていたのだろうか。いや、悩みが深刻なのは間違いないから、きっと彼女の言う通りだ。

気をつけないと、清霞にも余計な心配をかけてしまうかもしれない。

今はとにかく、引き受けた掃除を精一杯がんばろう。実家に清霞の家、久堂《くどう》家の別邸と、なんだかどこへ行っても掃除をしている気がするけれど、美世にはそれが向いている、ということなのだ。

(他にできることがないとも言うけれど)

情けなくて、また落ち込んでしまいそうなのを誤魔化すように拳《こぶし》を握り、薫子を促す。

「なんでもありません。早く取り掛かりましょう」

「そうだね」

特にこだわりもせず、薫子はひとつうなずいて給湯室の扉を開けた。

給湯室はやはり、とてつもなく荒れている。あちこちで家事をしてきた美世だが、こんなにも荒れ果てた部屋を初めて見た。

「ど、どこから手をつけていいのかわかりません、ね」

よくわからない積み重なった木箱やら、中身が入っていると思《おぼ》しき古びた菓子の包み紙。黴《かび》の生えた瓶や桶《おけ》、茶碗《ちゃわん》、コップがごろごろと転がり、正体不明の液体は零《こぼ》れて固まっている。汚れた布巾《ふきん》や新聞紙も散乱しているし、名状しがたい臭いも漂う。

絵に描いたような荒廃ぶりだ。まずは室内のものをすべて取り出すところだろうが、正直、いろいろとよくないものが掘り起こされそうでおそろしい。

「本当、勘弁してほしい……」

薫子も額に手を当てて、天を仰ぐ。

しかも、問題のある部屋はここだけではないのだ。

普段から業務以外をいかに疎《おろそ》かにしているかがわかる。とはいえ、異能者の家系はどこも歴史ある名家で、ここはそういった家の男性ばかりであると考えれば仕方ない面もあるので、文句を言うだけ無駄かもしれない。

(怯《ひる》んで突っ立っていても始まらないわ)

とにかく、どこからでも手をつけなければ綺麗《きれい》にはならない。

美世は鼻から下を手拭いで覆い、思いきって給湯室に乗り込む。

　まずは物を選別しなければならない。食器類や布類など、洗える物は洗う。おそらく腐敗しているだろう食品などは、集めて土に埋めるなりすることになりそうだ。紙類は謎の液体の餌食になっていなければ再利用できるが、そうでなければ濡《ぬ》れて臭いがついてしまっているので、どうしようもない。

　見ているだけで億劫《おっくう》になってしまう部屋だが、一度、心を決めて取り掛かってしまえば、美世と薫子は黙々と作業を進めることになった。

「こっちに汚れてない桶があるから、中に布類をまとめておくね」

「ありがとうございます。……あ、その箱は空いていたので食器類をいれてあります」

「了解」

　このように、最低限の必要事項を確認しあいながら、どんどん手近な入れ物に細かな物を集めて、部屋の外に出していく。

　廊下に出ると、通りがかる隊員たちの視線が突き刺さる。

　皆、足を止めてまでまじまじとこちらを見てくることはないけれど、歩調を緩めて様子をうかがいながら通り過ぎていく。

　ちょうどそのとき、廊下の曲がり角でそんな男性隊員の数人組と、水を汲《く》みに行っていた薫子が鉢合わせした。

「やっぱ女はそうやっているのがお似合いだよ」

「男の仕事に出しゃばってくるな」

「掃除夫の代わりにはなるようでなによりだ」

明らかに薫子に聞こえるように、隊員たちは囁《ささや》きあう。とんでもなく失礼な物言いに、美世は不快感を抱く。

しかし、中傷を受けた張本人である薫子はなぜか、にっこりと笑みを浮かべた。

「私の力で役に立てるなら、旧都から出てきた甲斐《かい》がありますね。ははは」

「はっ、強がりも大概にしろよ。見苦しい」

「虚勢を張ったところで、女が男に敵《かな》うわけがないのにな」

隊員たちはせせら笑い、薫子の肩にぶつかって去っていく。

(ひどい)

対異《たいい》特務《とくむ》小隊《しょうたい》は実力主義だと聞いていたけれど、こんなものは、実力の有無以前の問題だ。先達ての、手合わせのときもそう。彼らはとにかく、女性である薫子よりも自分たちのほうが上であると誇示したいように思える。

薫子は笑顔を引っ込め、一瞬、暗い表情になってから、何もなかったように今度は美世に笑いかけてくる。

「美世さん、水汲んできたよ」

「あ……の、薫子さん。わたし、その」

こんなのはあんまりではないか。そう感じるけれど、わざわざ笑顔を作って美世に接してくる薫子の気持ちを考えると、何も言えない。

「……お水、ありがとうございます」

「どういたしまして」

励ましの言葉は、きっと彼女の心を傷つける。だから結局、大人しく水の入った桶を受け取るだけになってしまった。

(わたしは何を言われてもいいけれど)

百足山《むかでやま》の言う通り、美世はまったくの部外者で薄刃《うすば》に連なる人間でもあり、周囲を黙らせるような実力はない。だからある程度は風当たりが強いのも覚悟しているし、異質なもの扱いされるのも慣れている。何しろ、物心ついたときから美世は浮いた存在だったから。

けれど、薫子は違う。

彼女がちゃんと誇りを持って、職務をまっとうしようとしているのは美世にもわかる。でなければ、こんなにも真剣に美世に付き合ってくれはしないだろう。

そんな仕事ぶりを、女性であるというだけで否定される。認めてもらえない。こんなにも理不尽なことはない。

あらかた物を運び終わり、美世ははたきを手に、高いところから埃《ほこり》を落としていく。一方の薫子は、近くで汚れ物を洗う。

「美世さん」

「はい？」

ふと、名を呼ばれ、手を止めて薫子を振り返った。

「何か、つらいことはない？　言われて嫌だったこととか。ここに居づらいとか……」

視線は手元に向けたまま、訊《たず》ねてくる彼女の意図がよくわからない。

居づらいというならば、それは薫子のほうではないだろうか。あんなことを言われて、何も感じないわけがないだろうに。

「……わたしは平気です」

薫子さんは、と問い返す言葉は寸前で呑《の》み込む。聞いたところで、美世に何ができるわけでもない。

隊長である清霞に告げ口でもすれば、いったんは改善するかもしれない。

けれど、このやり方ではさらに反感を生んでしまうのは容易に想像できた。おそらくは、実力がないから上の立場の人間に媚《こび》を売るのだとか思われるのだろう。

「ならいいけど。いやあ、参っちゃうよね。ああいうの」

「……わたしも、好きでは、ないです」

あらかた埃を落とし終わった美世ははたきを箒《ほうき》に持ち替え、床のごみを掃き出す。

「私も好きじゃないよ。ああいうとき、女に生まれて損したなって思っちゃうんだ」

「でも、薫子さんは戦えるでしょう」

「中途半端なんだよ。女らしくもなく、男になれるわけでもなく」

明るく笑い飛ばしながら手を動かす薫子を見て、美世は気づいた。

彼女も同じだ。実家にいた頃の美世と。

どんなに苦しくても、つらくても、それを表に出さない。何も感じていないふりをして、自分すら騙《だま》し、心を守るしかない。

美世にはずっと笑みを浮かべているなんて芸当はできなかったけれど、感情を押し殺して生きる姿が重なった。

常に明るく振る舞っているのが、すべて彼女の強がりなわけではないだろう。しかし間違いなく、彼女にそうさせている原因の一部はこの環境にある。

彼女の心境を思うと、悲しくなった。

「ああ、やめやめ。私、暗い空気も嫌いなの。違う話をしよう」

「そうですね」

確かにこの話題を続けていたら、重たい雰囲気に押しつぶされてしまいそうだ。

「あ、そういえば美世さんは旧都に来たことはある？」

「いいえ。わたし、ずっと帝都から出たことがなかったので……」

「ええ!?」

二人で雑談に花を咲かせていれば、男性隊員たちの視線はいつの間にか気にならなくなっていた。


夜、夕食を済ませて皿も洗い終わり、美世が居間でひと息ついていると、風呂《ふろ》から清霞が戻ってきた。

「旦那《だんな》さま、お茶をどうぞ」

「ああ」

手拭《てぬぐ》いで長い髪を拭《ぬぐ》いながら畳の上に腰を下ろした清霞の前に、緑茶を淹《い》れて置く。さらに、ちゃぶ台の中央に小さな丸い籠《かご》に入った蜜柑《みかん》も用意した。

「寒くはないですか？」

「大丈夫だ。……お前こそ、疲れているのではないか。一日中働いたりして」

「いえ」

さすがに少しは疲労感もあるが、取り立てて清霞に訴えるほどではない。

今日一日で、給湯室はあらかた片付けることができた。いったん運び出した荷物の選別がまだ残っているものの、室内は完全に掃除し終わり、あとは整頓《せいとん》すれば完了だ。

掃除が終わって、当初からは考えられないほど綺麗になった給湯室を見たときは、薫子と手と手を取って喜びあったものだ。

美世としては、やりがいのある素晴らしい仕事だと思うのだが、どうにも清霞は納得していないらしい。

「そうは言うが、もうだいぶ寒い。無理をすると体調を崩すぞ」

「はい。無理はしません」

「……別邸から戻ってきてから、息をつく暇もなかったな」

しみじみと呟《つぶや》く清霞に、美世も義両親と会ってから現在までの出来事を思い返していた。

別邸での日々も今となっては遠い昔のことのようだ。

あれは晩秋のことだったから、実際にはまだひと月も経っていないはずなのだが、今年は例年よりも早く冬めいてきたせいもあって、別邸から帰ったときには一気に季節が進んでいた。これから年末までも、あっという間だろう。

「五道《ごどう》さんの具合はいかがですか」

美世が訊ねると、清霞は首を横に振った。

「面会の許可が出るまでにはもうしばらくかかりそうだ。治療に手を尽くしてはいるが」

異能心教《いのうしんきょう》の拠点爆破の折、五道はひどい火傷《やけど》を負った。

異能者の身体は比較的丈夫なので命に別状はなかったらしいが、傷の具合はたいそうひどく、女性に見せられるものではない、との配慮から、美世はまだ見舞いにも行けていない。

「許可が下りたら、お前も見舞いに行くか?」

「行きます。行きたいです」

五道には今までいろいろと世話になっているし、美世の数少ない知人である。断る理由がない。

勢い込んで返事をすると、なぜか清霞は微妙な面持ちになった。

「ずいぶんと、五道に会いたそうだな」

「え、あ、その、おかしな意味ではないですよ……? 五道さんにはいつもお世話になっていますし、ずっと心配だったので」

なんとなく、言い訳がましくなってしまった。清霞はそんな美世を胡乱《うろん》な目で見る。

「お前、最近よそよそしくないか」

「え!?」

「前より距離があるように感じるのは気のせいか」

「………………」

美世は言葉に詰まり、ゆっくりと視線を斜め下に逸《そ》らした。

清霞に対して、よそよそしく接しているつもりはもちろんない。けれど、あくまで自分では普段通りに振る舞っているつもりでも、反論もできない。

（だって、どんな顔をしたらいいかわからないんだもの）

目を逸らす頻度が高かったり、言葉が出てこなくなったり。たぶん、清霞が指摘する違和感はそれだろうと想像がつく。

甘水《うすい》の件もあり、清霞が忙しくしているときや屯所にいるときなどは気にならないのだが、二人でいるとそうはいかないのだ。

『春になったら……私の妻になってくれるか？』

『昨日のこと、忘れないでほしい。……あれは、私の気持ちだから』

『とても、似合っている。可愛いよ』

別邸でのあれこれが脳内で延々と巡り、思い出すだけで頬が赤らむ。

妻になるのはその通りなので何も問題ないにしても、あの口づけはなんだったのか、とか、清霞の気持ちとは何か、とか。可愛い、なんて口にする人だったか、とか。

恥ずかしくてとても問い詰められない上に、薫子とのこともある。

(薫子さんにも、同じことをしたり……言ったり、したのかしらって)

もしそうだったら、ひどく落ち込んで立ち直れないだろう。と、ここまで想像しては、戸惑ってしまうのだ。

結局、自分はどうしたいのだろう。

清霞にだって心の自由はある。美世を大切にしてくれるが、別に元から恋人だったわけではない。今も昔もこれからも、彼が恋愛感情を抱く女性が突然現れたとしても、何もおかしくないのだ。

しかし実際にそんな女性が現れたら——きっと穏やかではいられない。

そろそろと、再び視線を上げて婚約者の顔を見る。

「どうした?」

「ごご、ごめんなさい……!」

だめだ。顔が熱くて、目が回りそうになる。

真っ白な肌と、青みがかった瞳《ひとみ》。透き通るような薄茶の髪が、肩から背にさらりと流れる。なんでもない寝間着姿なのに、どうして彼はこんなにも美しいんだろう。

「いや、謝ってほしいわけではなくてな……」

「ささ、避けては、ないんです、本当ですっ」

「お前がわざとそんなことをするとは、私も思っていないが」

「うぅ……」

恥ずかしい。穴があったら入りたい。

「私が、何かしたか」

「……違うんです」

違う。ただ、美世が自分自身の感情を理解できず、飲み下せずにいるだけだ。

美世がもっと世間を知っていて、友人も大勢いて、人と接するのに慣れていたなら、この年になって己の心に振り回されずに済んだのかもしれない。自分の気持ちや清霞の想いにどう向き合って、どう行動すべきかわかったのかもしれない。

このもやもやとしたものをなんとかするには、まだ時間がかかりそうだった。

清霞はふと、表情を曇らせる。

「屯所で……嫌な思いもしたんだろう？」

驚いて、美世は目を瞠《みは》った。

まさか気づかれていたとは思わなかった。しかし考えてみれば当然だ。清霞は隊長なのだから、何を把握していてもおかしくない。

「お前と陣之内《じんのうち》の様子を偶然見ていた隊員で、報告してきた奴がいた」

「それは……」

「私や、班長の誰かが注意しては角が立つ。だが、何もしないのも――」

「いいんです」

美世は、衝動的に清霞の言葉を遮っていた。

「いえ、よ、よくはないんですけれど、わたしも薫子さんも旦那さまになんとかしていただくつもりはありません」

薫子の気持ちについては、美世の想像でしかないけれど。たぶん、同じ気持ちだろうと感じていた。

「旦那さまが注意したら、納得できない、理不尽な命令をされたと感じる方も出てくるでしょう。そのほうが、もっとよくないのではないですか」

清霞と隊員たちとの信頼関係に、ひびが入ってしまうような事態は避けたい。

確かに美世も薫子も、何を言われてもまったくの無傷でいられるわけではない。つらいときはつらいし、悲しくなりもする。

けれど今のところ暴力などはないし、もし美世たちのせいで清霞と小隊の間に不信感が生まれるようなことになれば、そちらのほうが悲しいのだ。

「わたしたちのことは、わたしたちが自分でなんとかしますから、旦那さまはお仕事をがんばってください」

美世が笑って言うと、清霞はわずかに口を開きかけ、しかし言葉を発さずため息に変わって落ちた。

「あ、お茶のおかわり、いりますか」

「ああ、頼む」

まだ熱い薬缶から急須《きゅうす》に湯を足し、少し揺らしてから清霞の湯呑《ゆのみ》に緑茶を注ぐ。

なんとなく、楽しげな様子で彼に珈琲《コーヒー》を出した薫子の姿が思い出されて、また胸に暗雲が垂れ込めた。

(だめね、こんなことでは……)

薫子とは上手《うま》くやっていきたいし、友人として仲良くしたい。そこに、美世の一方的なもやもやを持ち込めば、上手くいくものもいかなくなってしまう。

ことり、と湯呑とちゃぶ台のぶつかる音で我に返った。

「言われなくても、異能心教は叩《たた》き潰《つぶ》すが……はあ」

「旦那さま？」

茶を飲み、なぜか急に寂寥《せきりょう》漂う表情になった清霞に、首を傾げる。

「私には頼らないのに、陣之内には頼るんだな」

「ええと。薫子さんは、その、頼るとは違う、ような？」

頼るというよりは、互いに支え合う……いや、支え合いたい関係というほうが合っているだろうか。決して、清霞に頼りづらいから薫子に頼っている、というわけではなく。

「旦那《だんな》さま、どうしてそんなことを？」

「……なんでもない」

よくわからないけれど、きっと清霞も内心では美世が薫子と上手くやっていけるように願ってくれているのだろう。

（わたしに何かできることはないのかしら）

励ましの言葉をかける以外に、落ち込む彼女を励ます方法はないのか。

美世にできるのは、せいぜい家事くらいのものだ。であれば——。

（そうよね、あれがあれば）

薫子のために、自分のためにもなる計画を思いつき、美世はさっそく思いを馳《は》せた。

◇◇◇

翌日には無事に給湯室の掃除が完了し、美世と薫子は次々に掃除を続けていった。

数日かけて、備品の置いてある倉庫を掃除し整理整頓《せいとん》、廊下の床を磨き、窓を拭《ふ》く。溜《た》まりに溜まった洗濯物を洗って干し、ごみを集めて処理して、隅々の埃《ほこり》を駆逐する。

そうして屯所へ毎日通う生活に、美世も慣れてきたある日のこと。

屯所の裏手にある水汲《みずく》み場を掃除するため、薫子は倉庫に束子《たわし》や雑巾《ぞうきん》など掃除用具を取りにいき、美世は水汲み場の周りに散らかった如雨露《じょうろ》や桶《おけ》を片付けていた。

（さ、寒い）

水汲み場は屋外だ。完全に吹きさらしで、冷たい風が顔や着物を捲《まく》った手足に直接吹きつけてくる。

片付けるなら凍る前に、と思って始めたが、これは今やるべきではないかもしれない。

美世がそう思って、屋内に入ろうと移動したとき、ふいにどこからか男性の野太い笑い声が聞こえてきた。

「にしても、本当に便利だよなあ。女って」

「言えてるな。率先して床に這《は》いつくばって掃除してくれてな」

「女は剣なんぞ握らないで、箒《ほうき》でも握っていたほうがお似合いですよねえ」

不快極まる物言いが気になって建物の角からそっとのぞけば、三人の隊員たちが鍛錬でもしていたのか、木刀を持ったまま談笑しているのが目に留まる。

この数日、どこで何をしていてもこの手の陰口に遭遇しない日はなかった。だいたい隊員の半分ほどが、薫子の存在や美世が屯所に出入りしていることに対して不満を持っているようだった。

よく見ると、三人のうちのひとりは先日、道場で薫子と手合わせした若手隊員だ。

「女が出しゃばって生意気なんですよ」

「お前は手酷《てひど》くやられていたもんなあ。ま、だいたい女に実力があるとかないとか馬鹿馬鹿しいがな。どうせ結婚でもすれば、仕事を続けるなんて無理なんだし」

ははは、と笑い声が響く。

いい加減、頭にくるという感情を美世は思い知った。

（なんで、そんなことを言うの）

女であるからと薫子を、彼女の力を、努力を認めない。最初から偏見に染まりきって現実から目を背け、がんばっている人を嘲笑《あざわら》う。

こんなにも理不尽なことはない。

斎森《さいもり》家で美世があんな扱いを受けていたのは、異能がなかったからだ。美世にとってそれは苦い記憶ではあるけれど、悔しいし悲しいけれど、仕方のない面もあった。

でも、薫子は違う。

薫子は強いし、それは本人の努力があるからだろう。

「どうせ女は男に敵《かな》わないのに。剣を振っても無駄だろう」

ほとんど、無意識だった。美世は男たちの前にゆっくりと歩み出る。

「あ……」

「いらっしゃったんですか」

男たちは美世を認識すると、さすがに気まずそうに顔をしかめている。

「——あの」

彼らに対して何を言ったところで、偏見が世の中から消えるわけではない。ただ、薫子には何の落ち度もない。それを、わかってほしいと思ったのだ。

美世は男たちひとりひとりと目を合わせ、おもむろに口を開いた。

「そういうことを言うの、どうかと思います」

「は？」

「対異特務小隊は実力主義だと聞きました。戦力と認められれば、女性であっても所属できるのだと。違うのですか？」

静かに問えば、男たちはなんとも言えない表情で黙り込む。

つまり、彼らは自分たちの主張が隊の方針と異なるほうを向いていることに気づいているのだろう。結局は薫子に、女性に負けるのが気に入らない。それだけなのだ。

「そんなふうに人を悪くいえば、集まる戦力も集まらないのではないですか？　女性に負けるのが嫌ならば、陰口で追い出すよりまず自分が努力するのが筋ではないのですか」

「あなたに何がわかるんだ。ぬくぬくと隊長に守られているだけなのに」

苦々しく、ひとりが呟《つぶや》く。

「お、おい」

もうひとりが窘《たしな》めるが、彼は止まらなかった。

苛《いら》立《だ》ちを抑えきれない様子で、手の中の木刀を地面に突き刺す。

「安全なところから偉そうに指示するだけなら、そりゃあ女にだってできるでしょう。こっちはいつも命をかけて戦ってんだ。それを何も知らない奴に文句を言われてたまるか」

「…………」

「女は体力がない、腕力がない。それで俺たちと同じように戦えるのか？　無理だろう。女には女の相応の働き口があるんだから、そちらへ行けばいい。足を引っ張るだけのくせに、男の真似事をして金をもらおうなんて、許されるかよ」

彼の言い分も、一部は正しい。女が力で劣るのは間違いない。

――けれど。

「……決めるのは、あなたではありません。薫子さんは正当な評価を受けて軍人をしているんです。何の権利があって、あなたは彼女を否定するのですか」

思ったより自分は怒っていたのだと、美世は頭の冷静な部分で考えていた。こんなにも自分の中から言葉が溢《あふ》れるなんて、想像もしなかった。

「薫子さんを認めないと言うなら、彼女と手合わせして勝ってからにしたらどうですか」

これに、彼らは激高した。鍛えられた太い腕が振り上げられ、叩かれるのを覚悟して目を閉じる。

しかし、いつまで経っても衝撃がやってこない。

「そんなに怒って、どうしたんですか～？」

間の抜けたような声は、女性のものだった。

おそるおそる目を開けると、口元に笑みをたたえた薫子が美世と隊員たちの間に割って入っている。

「ちっ……」

「美世さんに手を出したら、身を滅ぼしますよ」

男たちは不機嫌そうに眉《まゆ》を顰め、薫子をひと睨《にら》みして去っていく。

「まったく、すぐ暴力に訴えるなんて信じられないよ」

「薫子さん」

もしかして、美世たちの会話を聞いていたのだろうか。

「ああ、安心して。私、今来たばかりだから。美世さんが何を話していたかなんて、知らないし。隊長には黙っておくね」

笑う彼女の眉は少し下がっていて、その言葉が偽りだとわかる。

美世は薫子の手をとった。

「水汲み場の掃除は後にしましょう」

「え？」

「こっちに来てください」

戸惑う薫子を引っ張って、数日前に綺麗《きれい》にしたばかりの給湯室へ行く。

「どうしたの、美世さん」

「今日はいい物があるんです。ここに座ってください」

美世は給湯室に重ねて置いてある木製の小さな丸椅子を並べ、薫子を座らせると、戸棚から目当ての包みを取り出す。風呂敷《ふろしき》を解けば、小さな弁当箱が現れた。

「それは、お弁当？」

「はい。でも中身は違うんです」

蓋《ふた》を取り、薫子の前にそれを差し出す。すると薫子の目が大きく見開かれた。

「あ、お饅頭《まんじゅう》……」

「その、嫌なことがあったときは、甘味があれば元気が出るんじゃないかと思って」

そこで、美世は大事なことに思い当たった。

「……もしかして、甘いもの、苦手でしたか？」

そういえば、薫子の好みを聞いていなかった。もし薫子が辛党だったら、饅頭で元気など出やしない。

なんとなく、今までの印象から甘いものが好きだろうと考えて疑いもしなかった。

（や、やってしまったわ……）

しかし狼狽《うろた》える美世を見て、薫子は噴き出した。

「あはは。大丈夫だよ。私、お菓子大好きだから」

そう言って、弁当箱の中の淡い茶色をした饅頭をひとつ手にとり、かぶりついた。

「どうですか……？」

おそるおそる訊《たず》ねると、薫子は目を瞬かせて感嘆する。

「美味《おい》しい！　もしかしてこれ、美世さんの手作り？」

「は、はい。実はそうなんです」

買ってもよかったのだが、美世は気持ちを込めて自分で作りたかった。

饅頭なのは、何か薫子に甘味を作ろうと思ったときにちょうど雑誌に作り方が載っていたのを思い出したからだ。

「これ、手作りするの難しかったんじゃない？」

「いえ、それほどでは」

材料を集めるのに少々手間取ったけれど、作るの自体は難しくなかった。

薫子は本当に甘味が好きだったのだろう。幸せそうに顔を緩ませ、みるみるうちに饅頭をひとつ、平らげてしまった。

「美味しかった。ありがとう、美世さん」

「いえ……もうひとつ、どうですか」

美世が勧めると、薫子は「じゃあ」と喜んで二つ目に手を伸ばした。

「ありがとう」

掴《つか》んだ饅頭をじっと見つめる彼女の口から、小さな呟きが漏れたのが聞こえて、美世は顔を上げた。

「……ごめん。気を遣わせちゃったよね」

「いいえ」

蓋を閉じた弁当箱をそっと脇に置き、首を横に振る。気を遣わされたと感じたことはない。ただ。

「わたし、実家ではいつもつらいことばかりで、息をすることさえも嫌になるときがあるくらいだったんです」

父には関心を持たれず、継母には憎まれ、異母妹には蔑《さげす》まれて生きてきた。

どうして自分はこんなにも必要とされていないのに、どこにも居場所などないのに生きているんだろうと何度も疑問が浮かんだ。

「でも……苦しいとき、たとえ何か言葉を交わさなくとも、元気づけられることはありました」

よく美世を励ましてくれた幼なじみの辰石幸次《たついしこうじ》とは違い、斎森家の使用人たちは表立って守ってくれることはなかった。けれど、それとなく気にかけてくれて、使わなくなった日用品を譲り、食事を分けてくれたこともある。

そんなとき、美世はどうしようもなくうれしかったのだ。ただ、自分のことを考えて行動を起こしてくれる人がいるのだというのが、わかるだけで。

「薫子さん。もしわたしでよければ、お話を聞きます。愚痴でもなんでも。聞いても、わたしじゃ何の力にもなれないかもしれませんけど……でも、ずっとそんなふうに笑っていたら、本当の笑い方を忘れてしまいます」

「……うん」

薫子の返事は、少し震えていた。

「美世さんは、優しいね」

「そうでも、ないです」

「ううん、優しい。私は確かに友人になろうって言ったけど、会って数日しか経っていない人間をそんなふうには思いやれないよ、普通」

薫子は泣き笑いを浮かべて、饅頭をかじった。

「美味しい。……美味しくて、すごく元気が出るね」

そして、もうひとつ「ごめんね」と謝罪をこぼした。

四章　本当の心の奥は

依然として、甘水《うすい》や異能心教《いのうしんきょう》の襲撃に備えつつ時が過ぎ、冷え込みが身体に響くようになってきた、ある晩。

「明日の午前に休みをとったんだが、一緒に五道《ごどう》の見舞いに行かないか」

家で夕食をとっている最中、清霞《きよか》がふいにそんな提案をしてきた。

「面会の許可が出たのですか？」

「ああ。ようやくな」

清霞がうなずくのを見て、美世《みよ》は無意識に口元を綻《ほころ》ばせた。

面会許可が下りたということは、五道の容態がそれだけ安定し、回復しているということだ。

順調に治療が進んでいるようで、心底安心する。

「よかったです。本当に」

「そうだな」

てしまった。

「……旦那《だんな》さま？　どうかしたのですか」

清霞の返事はやけに素っ気ない。しかも、箸《はし》の進みがどんどん遅くなってついに止まっ

何か、気に障ることを言っただろうか。あるいは、まさか具合でも悪いのだろうか。

「すまない。私は心の狭い人間だと反省していた」

「？　心が狭い？」

清霞ほど心の広い人物はいないだろうに、と首を傾げる。

だいたい、今の話の流れでどうしてそんな言葉が出てくるのか、皆目わからない。

「気にしないでくれ。私が悪かった。別にお前がその、妙な意味であれを気にかけている

と本気で思ったわけではないのだが……感情が先走ったというか、なんというか」

わざとらしい咳払《せきばら》いを交えつつ、何やら言い訳を始めた清霞。とんでもなくらしくない

婚約者の意図が読めず、美世はますます首を傾げるばかりだ。

「あの、大丈夫なんですか？」

「大丈夫、大丈夫だ。問題ない」

「……もしかして、わたしが出歩くといけないとか……」

見舞いには行きたいが、それで何か迷惑がかかるようなら、我がままは言いたくない。

余計な行動を起こすな、という百足山《むかでやま》の言葉が脳裏によみがえる。

清霞を信用していないわけではない。清霞が一緒なら、甘水だってそう易々と美世に手出しできないだろうし、そのために毎日屯所に通っている。

けれど、街を歩いて何かあってからでは遅いのだ。

(もう、わたしの行動はわたしひとりで責任のとれるものではないわ……)

膝《ひざ》の上で、強く手を握りしめる。――その拳《こぶし》を、広い手のひらが包んだ。

「旦那さま……」

いつの間にか隣に座っていた清霞の、美世を見る眼差しは、ひどく静かだった。

彼の青みがかった瞳《ひとみ》はいつだって宝石のように澄み渡って美しく、一瞬すべてを忘れそうになるほど目と心を奪われる。

「怖いか?」

「はい」

素直にうなずけば、そっと肩を引き寄せられた。

「この際だから、はっきり言う。十中八九、お前の父親は甘水ではない」

「え……」

「薄刃澄美《うすばすみ》が斎森《さいもり》家に嫁いだ時期と、お前が生まれた時期を照らし合わせれば明白だ。薄刃澄美が婚姻後に甘水と密会でもしていれば別だが……先代の斎森家当主が彼女を逃すまいと絶対に屋敷から出さなかったようだし、その頃の甘水の行動はまだ薄刃が把握していたから、その可能性は限りなく低いそうだ」

清霞が伝聞の形で話すのは、きっと薄刃について情報をくれたのが新《あらた》だからだろう。

美世が不安を感じているのに気づいて、清霞も新も調べてくれたに違いない。

「お前が今、何をするにも不安なのはわかっているつもりだ。だから、その不安を取り除くためなら何でもする。もっと、感じていることを表に出してもいいんだ」

「……はい」

「私も、自分にできることを考えている。——今このときを、お前とともに乗り越えたい」

清霞の真っ直ぐな言葉が胸に刺さる。

彼は美世を決してひとりにはしない。だから美世も、ひとりで何とかすることを前提に考えるのはやめるべきだ。

「わたしが……外を歩いて、何かあったらどうしようと思っていました。街でもし、あの人に遭遇したら——」

正直に自分の考えを話すと、少しだけ胸が軽くなった。清霞はほのかな笑みを浮かべて、首を横に振る。

「気にしなくていい。甘水も、ひとつの組織を率いる人間である以上、白昼堂々と一般人の心証を悪くするような馬鹿な真似はしない。お前を引き入れたいならなおさら、他に狙うべきものも、手段もいくらでもあるからな」

「他に……？」

「なんでもない。――とにかく、明日は大丈夫だから見舞いに行くぞ。五道は連日ベッドの上で暇を持て余しているらしい」

何か、大事なことをはぐらかされた気がする。

けれど、このときの美世にはまだまだ見えていない物事も、思考が及ばない領域も多すぎた。ゆえに、違和感は頭の隅に少しだけ引っかかって通り過ぎ、清霞の笑みにうなずきを返したのだった。

五道の入院している病院は軍の附属病院だ。軍本部の施設のひとつで、最先端の設備と、帝国でも最高峰の腕を持つ各分野の医師たちが常駐している。

軍の施設であるからにはおいそれと入れるものではないが、軍関係者ならば無論問題なく、その親族も許可さえとれば治療を受けることも、見舞いに行くことも可能らしい。

（でも、本当に軍本部に行く日が来るなんて）

朝、清霞の運転する自動車に揺られながら、彼と初めて出かけた日を思い出す。

あのときも確か、自動車で移動している最中だった。

その自動車を置くために彼の職場に行くと聞いて、軍本部に行くのだと勘違いしたのは清霞と出会って間もない、春のこと。

あれから本当にたくさんの出来事が起こって、自分も、身の回りも大きく変化した。

ものすごく長い時間が経ったような気もするし、あっという間だった気もする。

（あの頃は……自信がなくて、いつも怯《おび》えていた）

清霞が噂のような人柄ではなく、優しくて。

だからできるだけ長くそばにいたいと思ったけれど、自分には異能がなく、異母妹のように淑女として優秀なわけでもなかった。だから、いずれこの縁談はなくなると考えていた。

自分はあのときから、どれだけ変われただろう。

欲ばかり強くなっていないだろうか。成長できているだろうか。

美世は隣でハンドルを握る清霞をこっそりと盗み見た。

「どうした？」

見たのはほんの一瞬だったのに気づかれてしまい、慌てて目を逸《そ》らす。

「いえ、初めて旦那さまと出かけたときのことを、思い出していました」

「ああ。あのときか……」

清霞は懐かしむように、微笑みながら目を細めた。

美世にとって、初めて二人で出かけたあの日が恥ずかしいながらもいい思い出であるように、清霞にとってもそうであったらいいな、と微かに期待した。

軍本部——帝国陸軍の帝都基地は、対異特務小隊《たいいとくむしょうたい》の屯所から少し離れたところにあった。

高い金属製の柵《さく》に囲まれた広い敷地に、白い壁の、大きく無機質な建物がいくつも並んでいる。鉄製の門は固く閉ざされ、軍服に身を包んだ体格のいい軍人たちの行き来する様子が格子の隙間から見えた。

やはり士官である清霞は特に咎《とが》められることなく、少し門番と挨拶《あいさつ》をした程度でそのまま自動車を基地内に進める。

「緊張しているか？」

清霞のその問いがなんだかおかしくなって、美世は笑ってしまった。

「ふふ。旦那さまったら」

「なんだ」

憮然《ぶぜん》として返す清霞に、余計に笑えてきてしまう。

「だって、旦那さま。この間、わたしが対異特務小隊の屯所に行くときにも同じことをおっしゃっていたから。『緊張しているか』って。ふふふ」

「笑うな。……仕方ないだろう」

「わかっています。ありがとうございます。心配してくださって」

以前の美世だったら、清霞は緊張した美世が大きな失敗をして恥をさらしたりしないか気にしているのかもしれない、なんて、彼に対しても失礼なことを考えて勝手に委縮していた。

こんなふうに笑えるのは、清霞が、彼の周囲の人々が、美世を大事にしてくれていると今はもう知っているからだ。

「笑いごとではないんだぞ。……こんなことは言いたくないが、覚悟はしていってくれ」

「はい」

ここは軍本部で、対異特務小隊の屯所とは違う。

軍人の多くは異能を持っておらず、異能者は軍の中ではある意味特別扱いを受けている。

それゆえ異能者に複雑な心情を抱いている者が多いとは、美世もあらかじめ聞いていた。

おまけに清霞の婚約者が薄刃の血を引き、渦中の犯罪者である甘水直《なおし》の縁者であることは、少し事情に詳しい者なら把握しているという。

対異特務小隊の屯所でも十分、不躾《ぶしつけ》な視線を集めたが、ここではその比ではないらしい。

「でも、平気です」

そういう目には、慣れている。

別に慣れたくて慣れたわけでもなく、そのせいでつらい思いもたくさんしてきたが、最近になってようやくそれらも自分の糧になっていたのだと受け入れられるようになった。

それが自分の、斎森美世の強みだと、認められるようになった。

自動車を降り、病院まで清霞の斜めうしろをついていく。

すれ違う軍人たちに、やはり少々無神経と言わざるをえない好奇の視線を向けられたが、思ったより気にならなかった。

(……だってわたしより、旦那《だんな》さまのほうが目立っている気がするもの)

どちらかというと、見舞いの品として道中で購入した花と水菓子を腕に抱え、堂々と前を歩く清霞に軍人たちの関心は向いていた。

「あれは久堂《くどう》家の——」

「あれが。確か相当な腕だとか」

「上層部にも頭が上がらない幹部が何人かいて……」

「……あの見た目でか——」

漏れ聞こえてくる囁《ささや》きの内容は、明らかに清霞の話だ。

清霞はこちらには滅多に顔を出さないらしいので、物珍しいのだろう。そして、清霞の存在感の前では美世の出自など些細《ささい》な事柄というわけだ。

（なんだか拍子抜けだけれど）

清霞の姿を見た途端に、顔色を真っ青にして逃げるように去っていく軍人もいて、いったい何があったのか気になってしまう。

似たような建物ばかりで迷子になりそうだと思いつつ、二人は病院に到着した。

清霞は五道が入院してすぐの頃に一度来ているので、受付への挨拶もそこそこに真っ直ぐ病室へ向かう。

美世と清霞が病室の前まで来ると、ちょうど白衣を纏《まと》った男性医師が出てきたところだった。

「おや、清霞君じゃァないですか」

年齢は三十代だろうか。長身でひょろりと痩《や》せ型《がた》の、無精髭《ぶしょうひげ》を生やした医師は、どこかいやらしい笑みを浮かべて清霞に声をかける。

それに対して清霞は、心底呆《あき》れた表情で「久しぶりだな」と返した。

「うーん、相変わらずですなァ。年上へのその尊大な態度！　ひひっ」

医師の独特な笑い方に、美世は自身の肌が粟立《あわだ》つのを感じる。

何やら気安く清霞に接しているところを見れば、知り合いのようではあるけれど。いったいどのような関係性だろう。知りたいような、知りたくないような。

「……その気味の悪い笑い方をやめろ」

「ひひっ。笑い方なんて、どうでもいいじゃァないか。細かいことは気にしないほうが、心穏やかに過ごせるってもんです」

「はあ……それで、奴の容態は？」

ため息を吐《つ》く清霞に、医師の男はまた「ひひっ」と笑いを漏らした。

「面会できるくらいなんでねェ。傷は前よりは目立たないかなァ。ただし、体力は著しく落ちてるからまだ入院は長引くだろうねェ」

「年内には復帰できそうか？」

「それくらいはまァ、余裕じゃァないですかね」

「そうか。ご苦労」

医師の去り際、目が合った美世が会釈すると、にたり、とやはりいやらしい感じのする笑みを返されて、咄嗟《とっさ》に作った笑顔が引きつる。

「今の方は……？」

いてもたってもいられず、病室の戸に手をかけた清霞に訊《たず》ねる。

「ああ。あれは私の母方の親戚《しんせき》だ。治癒の異能を持っている。――入るぞ」

声をかけたものの、返事を待たずに戸を開ける清霞の後を追って、美世も病室内に入る。

広さはあまりないがひとり部屋のようで、窮屈さはない。部屋の奥に置かれた真っ白なベッドに、上半身を起こした状態で五道の姿があった。

「あ、隊長～！」

こちらに気づいて大きく手を振る五道を無視し、清霞は話を続ける。

「……あれは、治癒の異能は優秀だが、やや性格に問題があってな。根っからの悪人ではないが」

「そうなんですか」

「あれに頼むと怪我の治りはいいが、特別料金だなんだといって法外な請求書がくるのも難点だな。しかしいざとなったら頼む以外に選択肢がないくらいには、腕は確かだ」

つまり、今回の五道の怪我はそれほどひどかったのだ。

もし清霞がそんな怪我を負ったら、自分は冷静でいられるだろうか。今は想像もつかないけれど、覚悟は必要かもしれない。

「ちょっと！　俺の見舞いに来てくれたんじゃないんですか。無視しないでくださいよ」

完全に放置されていた五道が憤慨して叫ぶと、くすくす、と笑い声がした。

「あはは。愉快愉快。五道くんは本当に面白いねえ」

「うるさい！」

衝立《ついたて》の陰に隠れていて気がつかなかった。

先客は派手な着物を纏い、扇子を手の中で弄《もてあそ》ぶ、見るからに遊び人といった風体の青年――辰石《たついし》家の当主、辰石一志《かずし》だ。

一志は相変わらず、五道をからかって楽しんでいるらしい。

「五道くんはさっきから怒鳴ってばっかりだね。せっかくこのぼくが見舞いに来てあげたっていうのに」

「来てくれって誰が頼んだよ」

「いやだな、ぼくたち友だちじゃないか」

「誰が友だちだー！」

五道の絶叫にひとしきり笑った一志は、ぱちり、と扇子を閉じて立ち上がった。

「さて、ぼくはそろそろお暇《いとま》しようかな」

「どうぞどうぞ。ああ、せいせいするな～」

「また来るよ」

「もう来るな！」

一志は色鮮やかな羽織を翻し、こちらを見て笑みを浮かべる。

彼には久しぶりに会ったが、辰石家当主だというのにやはりそれらしさはあまりない。名家の放蕩《ほうとう》息子、が一番似合っている。

「久堂さん、ご無沙汰《ぶさた》だね」

「ああ。辰石、お前は大海渡《おおかいと》少将閣下の口利きでここに来たのか？」

「そう。五道くんが大怪我したっていうから、どんなもんかな～って。面白そうだったし」

「悪趣味も大概にしておけ」

「心に留めておくよ」

ひらひらと手を振って、一志は病室をあとにした。

その後ろ姿を清霞は呆れた表情とともに見送り、五道のベッドの横に立つ。すると、なぜか五道は思いきり噴き出した。

「ぶっ！　あっはっはっは！　似合わね～！　隊長と……っ、花束。ぶふっ」

「…………」

美世が横目で清霞の様子をうかがえば、彼の仏頂面に明らかな怒気が見え隠れする。

いつも思うが、五道はわざと清霞を怒らせているのだろうか。だとすれば、わざわざ五道をからかいにやってくる一志とあまり変わらないような。

角が立ちそうなので、口にしないけれど。

「ずいぶんと、元気そうだな？　見舞いは必要なかったようだ」

冷え切った目で五道を見下ろした清霞は、「これを生けておけ」と抱えていた花束を美世に渡し、水菓子を近くの棚の上に置いて背を向ける。

急に怒ったような態度になった婚約者に呆気《あっけ》にとられてしまう。

「旦那さま？」

（も、もう帰ってしまうのかしら）

まだ来たばかりなのに、と残念に思っていると、清霞は一度だけ振り返った。

「少し出てくる。美世、お前はまだゆっくりしていればいい」

「あ、はい……」

せっかく来たのに、どうして出ていってしまうのだろう。

まさか、五道が笑ったことに本気で腹を立てたわけでもあるまい。この程度で五道の顔も見たくなくなるほど怒るなら、日頃から軽口を叩《たた》いてばかりの彼の命はとっくにない。

それになんとなく、病室から出ていく清霞の背にいつもと違う何かを感じて、追いかけるのも躊躇《ためら》ってしまった。

(どうして……)

内心で途方に暮れつつ、仕方がないので言われた通り、腕の中の花束を解いて空の花瓶に生ける。

どうやら、先に見舞いに来ていた一志は花などを持ち寄っていなかったようで、花瓶は使われないまま仕舞われていた。

「美世さん。なんかすみません～」

「いえ」

このくらいはさほど手間でもない。

申し訳なさそうに後頭部に手を遣《や》って謝ってくる五道に、美世は笑みを返した。

五道はいつもと変わらず元気そうにしてはいるけれど、寝間着のところどころから覗《のぞ》く白い包帯やガーゼが、美世が想像していたよりもずっと多くて痛々しい。

これでも面会可能なまでに回復した後だというのだから、元の怪我がどれほどひどかったのか、考えるのもおそろしい。

「あの、五道さん。この度は、その、何と言っていいのか……本当に、申し訳ありません」

花を生け終わり、美世は五道に向き直って深々と頭を下げた。

彼の負傷は、甘水直のせいだ。つまり、薄刃の責任であり、美世もまったくの無関係とはいかない。

美世に謝られても五道も困るかもしれないけれど、何か言わずにはいられなかった。

「そんな、美世さんが謝ることじゃないでしょう」

「でも」

五道はゆっくり首を横に振る。

「気にしないでください、って言っても無理かもしれないけど。悪いのは、そういうことをした、これからしようとしている甘水や異能心教であって、美世さんじゃない」

「……はい」

「だから、こちらこそ、見舞いに来てくれてありがとうございます」

五道の笑顔は普段と同じで明るく、人懐こさを感じさせる。

彼が無事でよかった。もし命が失われていたら、美世も清霞ももう、今までと変わらぬ気持ちで生きてゆくなどできなかっただろう。

美世はベッドの傍らに置かれていた小さな木製の椅子に腰かける。

「お身体は、痛みませんか」

問うと、五道は「まあ」といったん言葉を濁した。

「二、三日前まではかなり痛かったですね～。全身包帯だらけで、その下は火傷《やけど》がひどかったですし」

五道の口調は軽く、まるでたいしたことではなかったように話しているけれど、その内容は壮絶だ。

全身に重度の火傷を負ったとなれば、普通は生死の境をさまよい――おそらくは助からない。彼の場合は異能者であり、身体が普通よりもずっと頑丈にできている上に、さらに治癒の異能を持つ者に頼んでどうにか助かった。

対異特務小隊以外にも、異能心教の別の拠点で爆発に巻き込まれた部隊があったと聞くが、死人がいなかったのは奇跡だろう。

「復帰したら、異能心教のやつらは一網打尽にしてやりますよ～。俺、意外と根に持つ性質なので！」

「が、頑張ってください……」

「頑張ります！」

話が途切れたところで、戻ってこない清霞のことが気になってきた。

もしかして、あの、義母のほうの親戚だという医師と何か話し込んでいるとか。

美世が思いを巡らせていると、五道がぽつり、とこぼした。

「さすがの隊長も、俺が入院したばかりのとき……絶句してたし。やっぱり責任感じてたりするんだろうな」

やはり五道の怪我は相当ひどかったのだろうと、美世は胸が痛くなった。

清霞は元から口数の多いほうではないけれど、いつも一緒に仕事をしている五道が言うのだから、きっとそれだけ衝撃だったのだ。

「あまり、余計なことを美世さんに吹き込んだらまた怒られるかもしれないけど～」

「え？」

「隊長は、もちろん上司として責任を感じているっていうのもあると思う。でもそれ以上に……昔を思い出したんだろうなって」

「昔、を？」

五道は珍しく茶化さず、真剣な表情でうなずき、病室の窓の外を見遣った。

今朝、美世が家を出たときには晴れていた空が、どんよりと重たそうな灰色の雲に覆われ、今にも雪が舞いそうな天気へと変わっていた。

（旦那《だんな》さまと五道さまの昔って……）

薫子《かおるこ》に会ってからは特に、気になって仕方がない清霞の過去。

彼の忠実な部下たる五道の口から何が語られるのかと、美世は少しだけ身構えた。

「対異特務小隊の隊長を、以前、俺の父親がやっていたことがあって」

「五道さまの？」

「親父は尊敬できる異能者だった。強かったし、部下にも慕われていて。俺は……まあ、そんな父親に反発して留学をしていたんですけど」

すべてが、初耳のことばかり。けれど、何より。

――異能者、だった。

五道の言葉が過去形であることに気づいて、彼の父親が今はすでにこの世にない可能性を悟る。

「親父は当時まだ学生をしていた隊長を、軍にしつこく誘っていたんです。自分の次の隊長にしたいからと。でも隊長は軍属になる気はないって帝大に進学したんですよ。親父はそれでもあきらめきれずに誘い続けた――」

五道がどんな顔をしているかはわからなかった。彼はこちらをいっさい見ず、窓の外へ視線を向け続ける。

「親父はある日、任務中に殉職しました。敵が強かった。ただ、もし隊長が親父の誘いを受けて小隊に入っていたら余裕で勝てる相手だった。隊長は帝《みかど》の命令で親父たちを助けに行ったけど、間に合わなかった」

「それは……」

美世は当時の清霞の心中を思い、胸を押さえた。

「もちろん、親父が死んだのは隊長のせいじゃない。でも、留学から帰った俺は親父が死んだのはお前のせいだって、隊長を責めた。そのせいで隊長は必要以上に自責の念を抱いて、結局小隊に入ってしまった」

五道は、ふ、と小さく息を吐き、寂しそうに微笑みながら美世を振り返る。

「親父が死んだとき、親父以外の隊員は全員無事だった。たぶん、今回も俺だけ死にそうになって隊長はあのときのことを思い出してしまったんだろうなと」

「…………」

美世がどんな言葉をかけるのも、間違っている気がする。

聞かなければよかったとは思わない。けれど――。

「申し訳ありません。わたし、聞くべきではありませんでした」

「いやいや、俺が勝手に話しただけだから。美世さんは、隊長のことを知りたいんでしょ？」

「どうして」

美世はあまりに正確な五道の読みに、目を丸くする。

清霞は美世に、自身のことを多くは語らない。でも、だからこそ知りたいと願ってしまうし、その願いは清霞にとってあまり都合のいいものではないのではないかと考えてしまう。

だから、まだ誰にも言っていなかったのに。

本人が語りたがらないものを暴くのは、良くない。美世だって、進んで口にしたくない過去はいくらでもある。

(思い出すのがつらい記憶は、できれば言いたくないし、知られたくないものでもあるから……)

でも、美世が語りたくなかった過去のほとんどを清霞がすでに知っていると気づいたとき。とても、ほっとしたのを覚えている。

「どうせ、口下手な隊長のことだから、ろくに話してないんだろうな～って。案の定、当たりだったみたいでちょっと呆《あき》れてます」

ははは、と軽い調子で笑う五道の表情に、先ほどまでの翳《かげ》りは見られない。

美世は意図せず、五道に問いを投げかけていた。

「――わたしが直接、旦那さまに旦那さまの過去を訊《たず》ねてもいいんでしょうか」

触れられたくない過去。

当然、清霞にだってあるはずだ。それを知りたいと願っても、話してほしいと願っても許されるのだろうか。彼を傷つけはしないか。

こんなことは美世が自分で判断すべきで、五道に訊《き》いても仕方ないけれど。何か確かな意見が欲しい。

五道は目を細め、珍しく薄っすらと静かに微笑んだ。

「たぶん、隊長は直接訊かれたほうがうれしいんじゃないかな。美世さんにだったらなんでも打ち明けたいって、きっと思ってる。あくまで俺の意見だけど」

「そうでしょうか……」

「隊長がどう思うか、美世さんならもう俺なんかに訊かなくても想像がつくんじゃないですか？　自分の選択を信じてぶつかるなり、引くなりすればいいと思いますよ～」

彼の言う通りだ。

美世が清霞と過ごした時間は、五道や薫子よりもずっと短い。けれど、美世は美世なりに婚約者を理解しているつもりだ。それを信じないで、どうする。

「ありがとうございます。そうしてみます」

「ま、もし言葉足らずで愛想もない隊長に嫌気がさしたら、ぜひ俺のところに来てくださいね～。美世さんなら大歓迎ですから～」

にやりと笑って冗談を言う五道に、美世も笑ってうなずいた。

「はい」

「やった」

「何をやったんだ？」

ちょうど病室に入ってきた清霞に聞《き》き咎《とが》められ、五道が硬直する。

「別に！　何もやってません！」

真面目な顔で敬礼してみせる部下に、清霞は冷めた目をほんの瞬きの間だけ向け、ため息を吐《つ》いた。

「美世、そろそろ帰るぞ。気は済んだか」

「はい」

五道の身体は心配だったが、ひとまず元気そうなのは確認できた。

今の美世はあまり自由の利く立場ではないので、再び見舞いに来られるかはわからないが、これでいくらか安心できる。それはおそらく清霞も同じだろう。

「また来てくださいね～」

「お前がさっさと治してこっちへ戻れ、馬鹿者が」

「俺はもう少しこの食っちゃ寝生活を満喫していたいので、お断りです～」

「…………」

「安心してください。この暇な時間に、ちゃんと甘水直への復讐《ふくしゅう》の方法も万全なやつを考えておくんで！」

手を振る五道に小さく手を振り返し、美世は清霞とともに病室をあとにした。

◇◇◇

上司とその婚約者が去っていくのを見届けて、五道はベッドに起こしていた上半身を倒した。

面会が解禁になった途端、こうして次々と見舞いに来てもらえるのはありがたいが、少々疲れてしまう。

「やっぱ体力が落ちてるんだな……」

治癒の異能による治療は、通常の治療に比べて治りも早いし、後遺症が残ることもなく綺麗《きれい》に治るが、その分、治療を受ける本人の体力を多く消費する。

だから、あっという間に全部綺麗に治してはい終わり、とならず、入院が必要になる。

けれど、そんなことは重々承知の上で、早く仕事に復帰したい、というのが五道の本音だった。

（ただでさえ戦力が必要なときに、ひとりだけ寝てるなんてできるか）

ままならない状況が歯痒《はがゆ》く、目を閉じて悶々《もんもん》としていると、しばらくして再び来客があった。

実家の者や家族が来るとは聞いていないので、誰だろうと首を巡らせる。

ゆっくりと病室の戸を開けて入ってきたのは、どこか見覚えのある、軍服に身を包んだ若い女だった。

「お久しぶりです、五道さん。怪我の具合はどうですか？」

「……お前、陣之内《じんのうち》薫子？」

「ご名答！　です」

そうおどけて指を鳴らす彼女は、何年かぶりに会う同僚の陣之内薫子に間違いなかった。

自分が抜けた穴を埋めるために帝都へ来ていたのは知っていたけれど、まさかこうしてひとりで見舞いに来るとは予想外だった。

ただ、数年間連絡をとっていなかったとはいえ、彼女が旧都に配属される前はそこそこ仲良くしていたので、特別驚くことでもないのだが。

五道は再び上半身を起こして息を吐く。

「怪我は見ての通り、だいぶいいよ。それにしてもお前、今は勤務中じゃないのか」

訝《いぶか》しみながら問うと、薫子はつい先ほどまで美世が座っていた木製の椅子に座り、「心配ないです」と返した。

「私、美世さんの護衛を任されているんですが、今日は久堂さんが午前は一緒にいるっていうんで、私も休みをとりました」

「なるほど」

薫子は腕力や体力で男性に劣る女性でありながら、腕が立つ。

同性同士で美世とも一緒に行動できる範囲は広いし、護衛には最適だ。

「さっきまで久堂さんと美世さん、来てたんですよね」

ぽつりとこぼした薫子の目は、花瓶の花と籠《かご》に入った水菓子を見ている。

「ああ。隊長は素っ気なかったけど」

「相変わらず仲がいいですねえ」

五道が肩をすくめてみせれば、薫子はおかしそうに笑った。

「陣之内、仕事は上手くやれてるか？」

「それなりです。護衛といっても、美世さんと一緒になって屯所の雑用なんかをこなす日々で。おかげさまで退屈はしないですよ」

そこでふと、五道の脳裏に薫子にまつわる記憶が戻ってくる。

（そういえば、陣之内って――）

彼女の家は、わりと歴史のある由緒正しい道場である。父親が師範をしていて、嫁いできた母親が確か、異能の家の者だった。

母親は異能者ではなかったが、いわゆる隔世遺伝で薫子は異能を持っている。加えて、父親から剣の才能をも受け継いだ彼女は戦士としてかなり優秀だと評判だった。

だから、清霞の結婚相手にどうか、という話があった。

（ああ、だからかな）

五道は現状を察して、前髪を自身の手でかき混ぜて乱す。

美世は常におどおどとした娘ではあるが、今日は特に、どこか迷いの色があった。過去を知りたいという彼女の思いの理由は、ここにあるのかもしれない。

「陣之内」

五道が声をかけると、花瓶の花を眺めていた薫子が振り返る。

「なんですか？」

「お前さ。――まだ、隊長に懸想してるわけ？」

薫子の瞳《ひとみ》が、目いっぱいに開かれる。

「……何のことですか」

「惚《とぼ》けんなよな～。昔から好きだったろ。隊長のこと」

「私は、別に」

目を逸《そ》らし、うつむきがちになる彼女に対して、苛立《いらだ》ちと哀れみが浮かんだ。

五道は自分が飛び抜けて鋭いとは思わないが、それでも、ともに仕事をしていれば彼女の気持ちには自然と気づく。

清霞にとって薫子はただの職場の人間で、大勢いる婚約者候補のうちのひとりでしかなかったのだろう。けれど、薫子には違ったのだ。

「俺は何も、お前を責めたいわけじゃない。誰が誰を想っていても自由だと思ってるよ」

「…………」

「でもさ」

五道は言葉を切った。

進んで薫子を傷つけたいわけではないが、これを言ったら彼女は泣くかもしれない。しかし、五道にも許せないものはあるのだから、仕方ない。

「お前、あの二人の仲を引《ひ》っ掻《か》き回すのはやめろよな」

薫子が、は、と息を呑《の》んで顔を上げる。

その態度からして、すでに彼女が余計な何かをしたのは明白だ。

「私」

「しらばっくれるなよ。俺、誰が誰を好きでいようと勝手だと考えているけど、そういうのはどうかと思う」

清霞にとっての美世は、やっと手に入れられた安らぎだ。

ずっと、彼のそばで彼を見ていた五道だから、わかる。あの二人は出会うべくして出会ったのだと。互いに互いを癒す、それがあの二人の在り方であって、そこに別の誰かの入る余地などない。

思いが成就しなかった薫子には悪いが、むやみに彼らの心を乱すのは許せないのだ。

「……五道さんに、何がわかるんですか」

絞り出すような薫子の声に、五道が動揺することはなかった。

「お前があの二人に茶々を入れるつもりなら、それは間違っている。少なくとも、その行為がお前を含め、誰のためにもならないことはわかってるよ」

「失礼します！」

病室を飛び出していった薫子を引き留めることもなく、嘆息する。

あとは彼女自身の問題だ。けれど口を出しすぎたかもしれない、とわずかな後悔がよぎる。

（俺はいつからこんなに世話焼きになったのかな〜）

薫子には恨まれるだろうが、清霞と美世の関係に下手に波風を立てられるよりはいい。

五道はさすがに疲弊した身体を横たえて、浅い眠りについた。

◇◇◇

病院を出たところで、ふいに清霞が美世を振り返った。

「少し外を歩かないか」

「？　……はい」

そのまま黙り込んで来たときに潜った門を抜け、軍の敷地内から出る。

屯所に行く時間まで、まだ余裕がある。いつもと様子の異なる彼の提案に、美世が反対する理由はない。

あまり一般人らしき通行人のいない門の前の通りから細い道を抜け、表通りに足を踏み入れる。

「すまない。寒いか？」

心配そうな表情で訊《き》かれて、美世は首を横に振った。

羽織も着ているし、襟巻きもしているのでしっかり防寒できている。さすがに顔に吹きつけてくる外気は季節相応に冷たいけれど、震えが襲ってくるほどではない。

「いいえ」

「そうか」

それきり、再び清霞は前を向いて歩いていく。けれど、ちゃんと美世のついてこられる、ゆっくりとした歩調なのが彼らしい。

(旦那《だんな》さま、らしい)

そう感じるのは、出会ってからずっと彼がそう振る舞っていたからだ。美世の婚約者たる彼は、そういう人間だったからだ。……でもそれ以上を、知りたいと願ってもいいのだろうか。

しばらく黙々と歩いていると、人の姿がまばらな公園についた。

並木の葉はほとんど落ちてしまって、剝《む》き出《だ》しの枝が寂しい。この季節と天候ゆえ、どうやらこういった場所に足を運ぶ人もめっきり減っているようだ。

「あの、旦那さま?」

どこまでいくのだろう、とさすがに不安がよぎって、美世は小さく声を上げた。

すると、清霞は歩みを止めて振り返らないままに、

「ひと休みしていくか」

と独り言のように呟《つぶや》いた。

長椅子に並んで座る。二人の間には、ちょうど拳《こぶし》三つ分ほどの距離が空いていた。

美世は、いつにもまして口数の少ない清霞の様子をうかがう。

(機嫌が悪い……というわけでもないわよね)

だいぶ読み取れるようになった彼の表情から判断するに、不機嫌だったり怒っているというよりは、悩んでいる、というほうが正しそうだ。

けれど、それがなぜだかまでは美世には見当がつかない。

「旦那さま」

「なんだ」

思わず再び声をかけてみたが、清霞はこちらを見ずに答える。

「心配事があるのですか」

なんとなく、これと思った問いかけをしてみる。

美世の頭の中には、五道から聞いた話が浮かんでいた。——五道の、父親の話だ。

しかし唐突にその話題を切り出す勇気はなくて、中途半端な訊き方になってしまった。

「五道に、何か聞いたか?」

清霞は腕を組み、静かに瞑目《めいもく》しながら問い返してくる。

見舞いのときの彼の態度は明らかにおかしかった。たぶん清霞自身にも自覚があるのだ。

だから、美世が不思議に思って五道に話を聞いたかもしれない、と考えていたのだろう。

こういうのは卑怯《ひきょう》だろうかと不安になりつつ、美世は思いきって答えた。

「少し、うかがいました」

「……そうか」

「旦那さまは、わたしが――」

はっとして、口を噤《つぐ》む。

勢いあまって、余計なことを訊こうとしてはいないだろうか。

(ううん、ここで怯《ひる》んでいたらいけないわ)

もし怒らせたり悲しませたりしてしまったら、謝ろう。及び腰で待っているだけで解決する時期はとうに過ぎたのだ。

「わたしが旦那さまのことを、過去を知ったら、お嫌ですか」

真っ直ぐに清霞を見つめ、率直な言葉で問えば、清霞が息を呑んだのがわかった。

「美世……」

「わたし、旦那さまを知りたいです。全部でなくても構いません。ただ、旦那さまがわたしのことをご存じのように、わたしだって旦那さまを知りたいんです」

　薫子と出会ってから、思い知った。

　美世が知る清霞の姿は、確かに彼そのものではあるが、ごくわずかな一部でしかない。婚約者なのに、美世は周囲の誰よりも清霞を知らない。

(でも、あらためて聞いてはいけないことのような気がしていて)

　知ったところで、美世には何もできない。それでも。

　拳三つ分空いた、二人の間に置いた美世の手に、そっと彼の手が重なる。硬くて、でも温かい、いつだって美世を安心させてくれる手のひらだ。

「喜ぶ……のは、間違っているのだろうな」

「え？」

「私のすべて、お前に知られて嫌なものなど何もない」

　ようやく、清霞の美しい青みがかった瞳がこちらを向いた。

　清霞は美世を気遣ってくれる。今まではそれに甘えているだけだった。自分のことで手一杯で、清霞に合わせてもらってばかりで。

　でも、それではいけない。この先も支え合っていきたいから、だからこそ、許されるならもっと深く彼を理解したいのだ。

「しかし私のことなど、知ったところで別に楽しくもないぞ」

「た、楽しくなくても大丈夫です！」

く、と清霞が喉《のど》を鳴らして笑う。

「ははは」

堪《こら》えきれない、というふうに、声を上げて笑う清霞。

こんなふうに笑う彼を、美世は初めて見た。

「も、もう！　どうして笑うのですか」

「いや、すまない。私はいろいろと、おかしな勘違いをしていたらしい」

「勘違い？」

首を傾げる美世に、清霞は笑いをおさめてうなずいた。

「情けない話だが、今回の一件で想像していたよりもずっと動揺している自分がいた。そんな私をお前に見せたくないと、思ったんだ」

「え……」

「くだらない格好つけだな。しかし、もしかしたらお前に呆《あき》れられて、愛想を尽かされるのではないかと不安だったんだ、実は」

予想外の説明に、美世は思わず目を瞬《まばた》かせる。

呆れるだの、愛想を尽かされるだの。そんなこと、あるはずがないのに。

「お前が離れていくなど、あるはずがないと信じてはいたんだが」

「当たり前です。わたし、旦那さまがもし離れたいとおっしゃっても——もし本当に何か離れてしまうような出来事があったとしても、絶対に追いかけると決めていますから」

正直な言葉は、驚くほどすんなり紡がれた。

絶対に離れない。口にすると、それはあらためて美世にとっての決意となった。

「安心しろ。私も、お前の手を放しはしない」

「……はい」

しばらく二人は見つめ合い、美世のほうが大事なことに気づいて、先に我に返った。

(今なら、訊いても平気かしら)

これを確かめずには、終われない。美世自身、訊きにくいことであり、あまり口にしたくもないことではあるが。

腹をくくり、口を開いた。

「旦那さま」

「なんだ」

「旦那さまと薫子さんは、恋仲だったのですか」

　清霞の笑みが、一瞬で凍りつく。

「……なぜ、そう思った」

「お二人には婚約の話があったのでしょう。薫子さんはとてもいい方で、美人ですし……。わたしが見ている限りでは、旦那さまもまんざらでもなさそう、というか」

　さっきまでは穏やかに細められていた清霞の目が、どんどんおそろしくなってきて、口調が尻《しり》すぼみになってしまう。

　ただでさえ冷たい外気が、さらに温度を下げたように感じるのは、気のせいだろうか。

「まんざらでもなさそう、か」

「あの、その」

「すまない。私のせいだな」

　怒らせたか、と一瞬肝を冷やしたが、清霞が頭を下げてくるのでぎょっとしてしまう。

「旦那さま、どうして……」

「陣之内とは、何もない。今も昔も」

「え？　でも」

　あれだけ仲良さそうにしていて、真実、何もなかったというのだろうか。

　薫子は清霞の嫌う令嬢たちとは違う。美しくありながら人に優しく、可愛らしい。清霞とて、特別に嫌う要素がないから、今でも薫子と親しいのだろうし。

（胸が痛いわ……）

清霞が薫子との間に何もなかったと聞いて、ひどく安心している自分がいる。けれど、考えれば考えるほどその縁談が破談になる理由がわからない。

「不安にさせたなら悪かった。最初に説明しなかった私に非がある。……というか、近頃お前が何か言いたそうにしていたのは、もしかしてこのことか？」

「はい」

怖くて、訊けなかったのだ。もし恋仲だったと答えが返ってきたら、不安でたまらなくなっただろう。

「はあ、これも考えすぎだったか……」

「え？」

「なんでもない。帰るか」

「はい」

軍に帰る途中、清霞はぽつりと呟いた。

「美世。今度から、私の何かを知りたいと思ったら、遠慮なく聞いてほしい。仕事柄、すべて答えるのは無理かもしれないが、できるかぎり正直に答える」

「はい！」

こんなことならば、恐れずにもっと早く聞いておけばよかった。うれしくて、美世の足取りが軽くなった。

◇◇◇

薫子は、病院を逃げるように立ち去り、屯所へと戻っていた。しかしまだ昼前で、せっかくとった休暇は残っている。

ゆえに、なんとなくふらりと誰もいない食堂に立ち寄り、コップの中で揺れる水面を眺めていた。

『お前さ。――まだ、隊長に懸想してるわけ？』

胸に刺さった五道の言葉を、何度も反芻《はんすう》してしまう。

初めからわかっていた。自分のこの想いが、決して叶《かな》わないということくらい。

だから、十代の少女だった自分はあきらめたはずだったのだ。

憧《あこが》れの人にけんもほろろに縁談を断られ、「ああ、自分は望まれないのだ」と理解して。

そのあと何日も泣いて泣いて、食事も喉を通らないほどに落ち込んだ。

けれど、あの人は誰からの縁談もすべて断っていたから、たとえ同僚としてでもそばにいられる自分は特別なのだと言い聞かせて、立ち直った。

それなのに。

彼に想われる女性が目の前にいたら、黙って見守っているなんてできなかった。

(私は、醜い)

きっと、薫子の振る舞いで美世は傷ついただろう。

それでも、その様子を見ていると溜飲《りゅういん》が下がるようで、どうしてもやめられない。嫉妬《しっと》に支配されて、感情的に行動した己が醜くて、吐き気さえしそうだ。

実際に斎森美世に出会い、彼女と過ごすうちに身に染みてわかった。薫子は、美世には勝てない。

(私の、負け)

美世のような女性らしさ、淑《しと》やかさも……穏やかさや純粋さ、優しさも薫子は持ち合わせていない。

清霞の愛する女性が美世であるならば、いくら努力しても薫子など眼中に入るはずもなかった。美世と会ったばかりのとき、「似ている」なんて言ったけれど、女としての在り方は真逆ですらあるのだから。

目頭が熱くなる。目の前の、水の入ったコップの像が滲《にじ》み、歪《ゆが》んだ。

(私がもっと、女らしかったら。美世さんみたいになれたら……)

清霞も、振り向いてくれたかもしれないのに。

そんな、詮のないことを考えてしまう自分が心底、嫌だ。

「陣之内」

ぽたり、と手元にぬるい雫《しずく》が落ちたのと同時に、静かに呼ばれて薫子は顔を上げた。

「……藪長《やぶなが》さん」

いつの間にか、近くに立ってこちらを見下ろしていたのは、この食堂の主《あるじ》である元軍人で現在は料理人の藪長だった。

「ど、どうしたんですか」

昼休みに向けて、厨房《ちゅうぼう》は忙しい時間だろうに。

薫子が訊《たず》ねると、藪長は黙したまま持っていた真っ白な手巾《ハンカチ》を差し出してきた。

「これから野郎どもが飯食いに来るってときに、こんなところで泣かれちゃ迷惑だ」

言っている内容は辛辣《しんらつ》だが、忙しい中、わざわざ厨房から出てきて手巾まで貸してくれる彼の行動からは、隠し切れない気遣いが伝わってきた。

「……ありがとう、ございます」

礼を口にすれば、余計に涙があふれた。厚意に甘え、差し出された手巾を受けとってこぼれた水滴を拭《ぬぐ》う。

すると、藪長はふん、と鼻を鳴らし、無言で食堂の出入り口に向かって顎《あご》をしゃくった。

「え」

薫子がそちらへ視線を移すと、食堂を覗《のぞ》き込み、こちらをうかがっている様子の美世の姿があった。

「早かったですね」

薫子は、遠慮がちな美世を食堂内に招き入れ、隣に座ってそう切り出した。

さっきまで手元にあったコップは藪長によって片付けられ、代わりに熱い緑茶の入った湯呑《ゆのみ》が二つ置かれている。

「途中で寄り道をしたので、そんなことはないと思いますけれど……」

美世は小さく首を傾げながら、躊躇《ためら》いがちに言う。

きっと彼女は見舞いのあと、清霞と仲良く道草を食って帰ってきたのだろうな、と想像して、薫子の心の傷がまたじくじくと膿《う》んだ。

いやらしいと自身を蔑《さげす》んでも、妬《ねた》む気持ちを止められない。

「あの、薫子さん」

「なに？」

「……ごめんなさい」

いったい何を言い出すのかと身構えて、聞こえてきた美世の謝罪に、薫子は耳を疑った。

（どうして、あなたが謝るの）

どう考えても、誰が見たって、謝るべきなのは薫子だ。彼女ではない。

そう思ったら、逆恨みとは理解していてもだんだんと腹が立ってきた。できる限り、胸中の醜い嫉妬を表に出さないように気をつけていたけれど、馬鹿馬鹿しい気さえしてくる。

「どうして？」

美世に対して問いかけた己の声は、思ったよりもずっと低かった。

しかし、美世は薫子の様子に気づいていないのか、申し訳なさそうに謝罪の理由を語った。

「わたし、勘違いをしていたんです。薫子さんが旦那《だんな》さまの婚約者候補だったことがあると聞いて、もしかしてお二人は……その、特別に親しい仲だったのかなと」

無意識に、薫子は拳《こぶし》を強く握りしめていた。

美世の言うような、特別な仲だったらどんなに良かったか。何度、夢に見たことか。

「わたし、勘違いで薫子さんに……たぶん、嫉妬、していたんです」

この言葉が耳に入った瞬間、一気に薫子の感情が沸騰する。

「どうして！」

声を張り上げ、椅子を撥《は》ね飛ばす勢いで立ち上がると、美世の表情が驚きに覆われた。

その綺麗《きれい》な顔にさらに腹が立った。理不尽でもなんでも、もう感情を止めることができない。

「勘違いなんかじゃない。勘違いなんて言葉で片付けないで。確かに特別な仲なんかじゃなかったけど……私は、好きだった！」

「…………」

「自分にも他人にも厳しくて、でも誰よりも仲間思いで強い。私はそんな久堂さんに昔から憧れていた。男性として好きだった。あなたが現れるずっと前から！」

溢《あふ》れ出した感情の奔流を制御できないまま、溜《た》め込んできた不満を美世にぶつける。

「あなたが嫉妬したのは、私がそうしたからだよ。私が先にあなたに嫉妬して、あなたよりも私のほうが久堂さんのことを理解してるって、誇示するために振る舞ったから」

美世が知らないであろう過去の話を持ち出し、ことあるごとに差を見せつけようとした。

自分のほうが、清霞との付き合いが長い。思い出がたくさんあって、より多くを理解していると。

薫子が就けなかった場所に、美世がいるのを認められなくて。

「薫子さん……」

「それなのに、どうしてあなたが謝るの。私のほうが悪いのにあなたに先に謝られたんじゃ、私の立つ瀬がないよ」

完全に、ただの薫子の言いがかりだ。美世も、こんなふうに責められても困るし、腹が立つだろう。

行き場のない怒りと悲しみと申し訳なさとが混ざり合い、混沌《こんとん》とした気持ちで薫子は力なくへたり込んだ。

「ごめんなさい……」

涙とともに、自然と詫《わ》びの言葉が出る。ひとりで勝手に怒り、泣いて——滑稽《こっけい》な上に、面倒くさい自分が嫌で嫌で仕方ない。

顔を上げられなくなった薫子に、美世はおもむろに口を開く。

「薫子さん。わたしは、たぶん今の薫子さんの気持ち、わかります。わたしも薫子さんと初めて会ったときから、羨《うらや》ましくて仕方ありませんでした」

「……私なんて、そんな」

美世に羨まれるところなど、何ひとつない。けれど、彼女はゆっくりと首を横に振った。

「わたしは、薫子さんみたいに旦那さまと並び立ちたかった。でも、わたしは戦えませんし、異能もまだ上手く使いこなせません。だから、薫子さんが羨ましかったんです」

少しだけ荒れて傷ついた、とても一般的な令嬢とは程遠い手が、薫子の前に差し出された。

「もう一度、わたしとお友だちになってくれませんか」

「…………」

「わたしたちは、確かに似ているかもしれません。でも、きっと互いに互いの持たないものを持っているから、だからこんなにも妬ましくてもどかしいんだと思います」

眼前で手を差し出す彼女の声は、凪《な》いだ水面のごとく静かで、すんなりと薫子の胸に染み込んだ。ささくれだっていた心を、癒していくように。

(ああ、本当に……私の入る隙なんて)

最初から、なかったのだ。

もうとっくに気づいていた。美世は、清霞の隣に立つのに相応しい——薫子がかないっこないほどの女性であると。

「……誰かとわかり合うのは難しいですけど、わたしたちはもう十分に互いが見えています。そうしたら、今までよりももっと仲良くなれると思いませんか」

この手を、取ってもいいのか。

薫子は答えを出せないまま、黙り込む。

(私はもうひとつ、隠し事をしている)

暴かれたら、薫子自身、確実に無事では済まない。美世に嫌がらせをしていたことよりも、より重大で、罪深い秘密だ。

薫子がこの手を取ったら、美世を罪人の友にしてしまうかもしれない。

けれど、誘惑には勝てなかった。気づけば、ごく自然に彼女の細い手を握っていた。

「許されるなら、また友だちになりたい」

薫子の本心からの言葉に、美世は穏やかに微笑んだ。

「はい。よろしくお願いします、薫子さん」

美世とわかり合えた喜びと、強い罪悪感に押しつぶされそうになりながら、薫子は泣きそうな顔のまま、笑った。

五章　おそれを知らず

新《あらた》は、帝都のあちこちを渡り歩いていた。

必ず甘水直《うすいなおし》を捕らえると決めてから、表向きの交渉人の仕事も休み、彼の足取りを追うことに専念しているのだ。

このところ、帝都はめっきり寒くなり、いよいよ冬も本番だ。

吐く息は白く、指先は手袋を嵌《は》めていてもかじかんで動きが鈍くなる。

甘水家に関連する地、あるいはつい先日軍に摘発された異能心教《いのうしんきょう》の拠点の近辺。新は単独で甘水に繋《つな》がりそうな場所を巡り、手がかりを集めてきた。

しかし残念ながら、未《いま》だ甘水の正確な居場所を摑《つか》むには至っていない。

（ただ、見えてきたものもある）

人込みにまぎれ、足早に目的地へ急ぐ。

甘水の目的は——何やら仰々しい文句を連ねてはいるものの、俗っぽくひと言でまとめるならば帝国乗っ取り、これに尽きる。となれば、あの男がいずれ必ず狙うものがある。

（それは、帝《みかど》の身柄）

帝国を意のままに動かしたいと願うなら、生かすにしろ殺すにしろ帝を上手《うま》く扱い、その権威を手に入れる必要がある。

現在、実際の帝国の支配者は皇子である堯人《たかいひと》だが、そちらに手を出すのは甘水といえど難しいはずだ。なにしろ、宮内省が総力を結集して張った結界がある。

これは異能や術の類いだけでなく、指定した物質すらも弾く。指定できるのは内側からのみで、拒絶する対象に甘水を設定すれば、あの男は結界内に侵入できない。

この守りが絶対だとは新も考えていないが、すぐにはどうこうなるものではない。

であれば、先に着手すべきは帝のほうだ。少なくとも、新ならそう考える。

（帝よりも先に美世《みよ》を手に入れようとする可能性も、なくはないが）

美世の守りはある意味、堯人よりも厳重である。

対異特務小隊《たいいとくむしょうたい》の屯所は異能を持つ戦士たちの巣窟《そうくつ》である上に、今は堯人のところと同じ結界が張られている。いくら甘水の異能が強力でも、あれに手を出すのはとんでもなく骨が折れるに違いない。

やはり、真っ先に何かあるとすれば帝だろう。

帝が今いるのは、宮城《きゅうじょう》の外れにある小さな宮だ。

堯人のいる宮と同じ敷地内ではあるが、帝はすでに弱りきって動けず、また天啓の異能もないため、堯人と比べると警備は薄い。

堯人の宮や対異特務小隊の屯所と同じ結界を張るには、術者が最低でも十人以上必要になり、結界を維持するにも同じだけの人員が要る。結界の範囲を広くすれば、さらに必要な術者は増える。よって堯人と帝の両方を結界で守るのは現実的ではないのだ。

宮城の門が見える場所までたどり着いた新は、さりげなく周囲を目視した。

(あれは)

すると案の定、一般の通行人に混じって、異様な気配がいくつか感じられる。

「例の、作られた異能者か」

眉《まゆ》を顰《ひそ》め、新は独りごちた。

異能者でなければ、この違和感に気づくのは難しいだろう。現に、宮城の門衛たちは何も反応を示していない。

(しかし、異能心教の動きを警戒しながらこの警備とは、宮内省の対応も甘いと言わざるを得ないな)

せめて警備に、異能者や術者を複数人配置しておくべきだろう。

あるいは、宮内省がまだ甘水直の危険性を真に理解できていないのかもしれないが、はっきり言って、笊《ざる》だ。

新がそこまで思考を巡らせたときだった。

「な……っ」

自動車が一台、門の近くに停車したかと思うと、老いて、痩《や》せ細《ほそ》った着物の男が数人に支えられ、ゆっくりと宮城の敷地内から出てきた。

新はその男の正体をよく知っている。かつては自身の目的のため、取引を交わした相手。

（今上帝……！）

門衛たちは、帝がたった数人に囲まれて歩いて宮城を出ていくという、不審で、突拍子もないこの光景がまるで見えていないようだった。

（いるのか？　甘水直がこの近くに）

門衛と、近くの通行人の視界は甘水の異能で操作されているのだろう。

ならば、この光景が見えるところに甘水がいるはずだ。

（どこに）

見渡しても、新が視認できる範囲に甘水の姿はない。そもそも、甘水が自身を認識できなくなるよう異能を使っていたら、新にはどうすることもできないのだ。

（一応、薄刃《うすば》の系列の異能に対抗する手段も、ないわけではないけれど）

実家で資料という資料をひっくり返し、必死に調べ、見つけることには見つけられた。古い記録で薄刃本家の情報ゆえ、おそらく甘水は知らない。

ただ、慎重に使わねば甘水に悟られ、対策される可能性がある。

そうこうしているうちに、停車していた自動車に帝と男たちが乗り込んでいく。

「ちっ」

新は滅多にしない舌打ちを小さく漏らし、式を生成した。

どのみち、ここまで徒歩で来た新では自動車を追う術《すべ》がない。まず式にこのまま自動車を追わせ、新自身は遅れてついていくしかないだろう。

生成した紙製の式は二つ。

片方は念入りな偽装の術を施し、自動車を追わせる。もう片方には新の式であるとわかるように薄刃家の印をつけ、用件を記して対異特務小隊の屯所へ飛ばす。

これで、清霞《きよか》も何か行動を起こすはず。

自動車が誰に咎《とが》められることなく発進したのを確認し、新は駆け出した。

◇◇◇

美世が薫子《かおるこ》と、また一から関係を築き直すことになってから、数日が経過した。

季節はもうすっかり冬になったが、状況は依然として変わらない。清霞とともにほとんど毎日、対異特務小隊の屯所へ通い、雑用をこなす日々だ。

美世は廊下の掃き掃除をしながら、少し離れた場所で同じ作業をしている薫子を見た。

(薫子さん、あのときは笑っていたのに……)

彼女は美世に嫉妬《しっと》し、嫌がらせをしたのだと告白した。美世がそれを許し、わだかまりは解けたと思ったのだが。

薫子は気丈に振る舞いながらも、ふとした瞬間に沈んだ表情をしている。

美世も、自分が心から元気であると言えるかといえば、否だ。いつ甘水が目の前に現れるかわからない状況、小隊の隊員たちから向けられる、冷たい視線。悩みは山のごとしだ。

とはいえ、薫子はどこか切羽詰まっているようにも見えて、気がかりだった。

一見、穏やかだった日常に事件が起こったのは、そんな日の、昼近くのことだった。

掃除を終え、厨房《ちゅうぼう》で昼食の仕込みを手伝った美世は、薫子と給湯室にいた。

水を入れ、熱した薬缶がしゅんしゅんと音を立てている。

「お茶菓子は必要でしょうか。もうすぐ昼食の時間ですし……」

「…………」

「薫子さん？」

菓子箱を手に隣の薫子に問いかけても、答えが返ってこない。美世が隣をうかがうと、薫子は心ここにあらず、といった様子で宙を見つめている。

「薫子さん」

「え!?　……あ、ごめんなさい」

あらためて呼びかけて、やっと美世が呼んでいることに気づいたらしい。

薫子は仕事にはいつも真摯《しんし》に取り組んでいて、美世の護衛として気を抜いているときがないのはよく知っている。けれど、今は完全に意識が逸《そ》れていた。

いったいどうしたのかと、美世の胸の気がかりが大きくなる。

「薫子さん、どこか体調が悪いんじゃ」

「ち、違うよ。私は元気だから」

「でも……」

体調が悪くないなら、何か悩みがあるのか。訊《き》きたかったけれど、美世には訊きにくい。

薫子は清霞が好きだった。美世が清霞と出会う、ずっと前から。

しかし清霞が選んだのは、彼女ではなく美世だった。そんな関係だから、いくら友人になったといえど、美世が薫子の悩みに踏み込むのは躊躇《ためら》われる。

本当はまったく関係のない悩みかもしれないと思っても、やはり、気は進まない。

「心配かけて、ごめんね。あ、あまりにも平和だから気が緩んだのかも」

なはは、といつもの調子で笑うが、どこかぎこちない印象を受ける。

しかし本人がこう言うということは、友人であれ、言えない悩みなのだろう。

(わたしばっかり、友人になった気でいるのかしら)

だとしたら、それはそれで悲しい。

結局、緑茶の入った三つの湯呑《ゆのみ》だけを盆にのせ、二人は清霞の執務室へ向かった。

「旦那《だんな》さま、美世です」

戸を叩《たた》いて声をかけると、すぐに「入れ」と返事がある。

清霞は相変わらず、大量の書類を処理していた。

今のところ異能心教に目立った動きはないが、対異特務小隊には異形《いぎょう》に関する案件を扱う通常業務もある。隊員たちの中には、現在進行形で異形を退治するため、地方へ出張している者もいるくらいだ。

（お忙しいわよね……）

美世は机上に、そっと湯呑を置く。

「旦那さま。もうすぐお昼なので、少し休憩しませんか」

「ああ」

清霞は手を止めることなく、生返事をする。しつこく言ったら、きっと仕事の邪魔になるだろう。

薫子と顔を見合わせて、揃《そろ》って机のそばを離れ、執務室内のソファに腰かけた。

「あったかい」

熱々の緑茶が、冷えた身体に染み込む。隣に座った薫子も少しずつ湯呑を傾けていて、先ほどのような深刻な様子はない。

そのときだった。

清霞が突然立ち上がり、部屋の窓を開け放した。

「旦那さま？」

何事かと顔を上げると、ふと窓から、何か白いものが舞い込んできたのが見えた。あれは、美世にも見覚えがある。異能者が連絡などにもよく使う、紙の式だ。

式はひらり、と風に流されたように一回転し、清霞の手の上に着地した。

清霞はすぐさま式に書かれているだろう、文字を目で追っていく。

「これは……っ」

彼が瞠目《どうもく》するのと、執務室の戸がやや乱暴に叩かれたのは、ほぼ同時だった。

「隊長！　百足山《むかでやま》です！」

「入れ」

入室してきた百足山はひどく慌てた様子で、顔色もよくない。

「……っ」

すると、近くで息を呑《の》む気配がして、美世は薫子を振り返る。

「薫子さん？」

「な、なんでも……」

言葉とは裏腹に、薫子の手も声も、驚くほど震えている。明らかに恐怖し、怯《おび》えているのが伝わってくる。

(薫子さんは、わたしが知らないことを知っているのかしら)

実は美世のあずかり知らぬところで大事件が起こっていて、美世だけが事の重大さにきづいていない——とか。ないことはないだろうが、やはりどこかおかしい。

しかし、思考はそこで途切れた。

清霞が手で激しく机を打ちつけ、大きな音が室内に響いたからだ。

「陛下に手を出すとは……！」

低い声には、怒りが滲《にじ》む。

（陛下に何が？）

帝《みかど》は、いまや息子である堯人の指示でほぼ幽閉されている身。美世にとっては因縁《いんねん》のある人物ではあるが。

もしや、甘水直がついに動き出したのだろうか。

深刻な面持ちの清霞と百足山を見ていると、不安で心臓が強く鳴りだす。

「陛下の行方は現在、調査中です。見つかり次第――」

「いや、すでにその場に居合わせた薄刃が追っている。行き先はじきにわかるはずだ」

薄刃とは、新のことだろう。

しばらく顔を見ていないが、確か独自に異能心教を追っていたはず。であれば、やはり甘水と異能心教が動いたのだ。

美世は固唾《かたず》を呑んで、二人の話に耳を傾ける。

「……信用できるのですか」

薄刃の名を聞いた瞬間、百足山の表情が渋くなった。

「薄刃は信じられないか」

「薄刃新個人を、さほど知っているわけではありませんが。だからこそ、甘水と薄刃が結託している可能性を考えてしまうのは、当然のことと思いますが」

刹那《せつな》、百足山の目が美世のほうを見た気がした。

美世なりに、できる限りのことをしてきたつもりだったが、おそらくまだ信用を得るには足りていないのだ。彼の視線の意味は、そういうことだろう。

清霞は百足山に何も言わなかった。ただ、難しい顔で考え込んでいる。

(帝に何かあって、新さんが追っている……)

だとしたら、清霞は、対異特務小隊は。

気づけば、美世は清霞と百足山の会話に割って入っていた。

「旦那さま。わたしは、ここにいます。だから陛下を」

「美世」

過保護な婚約者は、眉《まゆ》を寄せて首を横に振る。

「でも、陛下をお助けするべきだと思います」

美世とて、己の身が狙われているとわかっていて清霞と離れるのは不安が大きい。けれど、帝の命令に従う異能者として、主君の危機に何もしないわけにはいかないだろう。

これが美世の出した答えだったが、百足山が難色を示す。

「わきまえていただきたい。これは、部外者のあなたが口を出す問題ではない」

厳しい言葉に、反射的に身体が強張《こわば》った。

「……申し訳ありません」

百足山の言う通りだ。軍の仕事に意見するなど、出過ぎた真似だった。

よく考えたら、帝を助けに行かなくてはならないことは清霞も百足山も百も承知だろう。

相手が異能心教である以上、異能で対抗できる対異特務小隊が動くほかないのだから。

本当に、余計な発言だった。

清霞が静かに口を開く。

「百足山」

「はい」

「お前はここに残れ。屯所の守りは任せる」

「なっ！」

上司の指示に百足山は目を丸くする。

「なぜですか！　屯所の守りが重要なのは理解できますが、自分も異能心教を追っていたのです。ここは自分の班も隊長に同行するのが筋ではないのですか」

声を荒らげていきり立つ部下を前に、清霞はいたって落ち着いていた。

「重要だから任せる。文句があるのか」

「それは」

清霞はそう言いながら、悔しそうに顔を歪《ゆが》める百足山の肩を叩き、何やら耳打ちする。

はっとした百足山の視線の先が、美世の斜め後ろ、薫子に向けられているのに気づいた。

(薫子さん……?)

先ほどから、ひと言も発さない彼女を振り返り、美世も戸惑った。

薫子は、自分に向けられた百足山や美世の視線にも気づいていない。顔面を蒼白《そうはく》にしてうつむき、細かく震えている。

様子がおかしいとは思っていたが、これは少し異常ではないだろうか。

「薫子さん、ひどい顔色です。救護室で休んだほうがよいのではないですか」

黙っていられず、美世が声をかけると、薫子はのろのろとうつむいていた顔を上げる。

「平気、だから」

口調は弱弱しく、唇も震えている。

心配だが、彼女自身がなんともないと言う以上、どうしようもない。

（百足山班長は、残って薫子さんの様子を見る役目も負う、ということかしら）

美世が薫子の肩を抱くようにして支えながら、清霞と百足山のほうを見ると、百足山が観念したというふうに嘆息し、清霞は軽くうなずく。

「百足山、すぐに警備の配置を確認しろ。追跡班の編成は私がやる」

「了解しました」

百足山は早足で執務室を出ていく。

清霞も立てかけてあったサーベルを帯刀し、冬用のコートを纏《まと》って美世の前まで歩いてきた。

「陣之内《じんのうち》、お前も百足山の指示を仰いで屯所の警備に努めてくれ」

「……はい」

薫子は真っ青な顔のまま、覚束ない足取りで執務室をあとにする。その背は頼りなく、美世の心をざわつかせた。

「美世」

「はい」

薫子の後ろ姿を見送り、美世は己の婚約者に向き直った。

「聞いての通りだ。私はこれから屯所を留守にする。結界はあるが、絶対とは言えない。

十分に注意してくれ。……そばにいてやれなくてすまない」

「いいえ。わかっています」

——怖い。また、甘水直に会ったらと想像すると。

けれど、決めたのだ。できないことはできないと、認めるしかない。だから、美世は美世にできる精一杯をする。戦力にはなれずとも、清霞が安心して帰ってこられるように。

美世は恐怖を抑え込み、笑った。

「ここで、無事に待っています。だから、旦那《だんな》さまもお気をつけていってらっしゃいませ」

清霞の両腕が伸びて、美世の身体を引き寄せ、次の瞬間には包み込まれていた。

その腕は力強く、けれどとても優しい。

「離れたくない」

「……旦那さま」

恥ずかしさはなかった。ただ、気持ちの赴くまま、美世も清霞の背に腕を回す。

「お前に何かあったら、私は」

冷酷無慈悲な軍人。そんなふうにおそれられる人にもまた、おそれることはある。

怖いのは、皆、同じだ。

しばらく、お互いの存在を確かめあうように、祈るように、二人は静かに抱き合った。

清霞は、二班を伴い対異特務小隊の屯所から出撃していった。

美世は薫子と百足山、さらに百足山の班員たちと道場に立てこもるように、待機する。屋外、門の周辺はもうひとつの班が警戒している。

薫子は先ほどよりもだいぶ落ち着いたようだが、まだ色を失った状態で、口数が少ない。

「くれぐれも、勝手な行動は慎んでいただきたい」

百足山が、厳しい口調で忠告してくる。

美世や、薄刃が信じられないという個人的な感情もあるだろうが、それ以上に、職務に対する彼の強い責任感がそうさせているのだとわかる。

美世は否やを言わず、首を縦に振った。

手の中には、清霞にもらった御守りがある。ちなみに、以前もらったものよりも強化されれた、改良型らしい。どこがどう強化され、どんな効果があるかまでは教えてもらえなかったけれども。

美世は道場の中央に正座し、周りを隊員たちが取り囲む形で固める。道場の出入り口はひとつ。どんな些末《さまつ》な変化も見逃すまいと全員が集中する。

美世は、神仏に願う思いで掌中で御守りを握りしめた。

(大丈夫、大丈夫よ)

きっとすぐ、清霞は帰ってくる。だからその間だけここでこうして待っていれば、また元の日常に戻れるはずだ。

道場に、沈黙が落ちる。

誰も彼もが息を潜めて、異変を察知できるように耳をすませ、集中しているのが美世にも感じられた。

そして、願いもむなしく沈黙は破られた。

「結界が解かれた!」

百足山の叫びが響くとともに、その場の全員が瞬時に立ち上がり、身構える。

美世もやや遅れて立つが、緊張で手足が強張った。

(結界が、どうして)

清霞は、結界は絶対ではないと言っていた。けれどそれは万が一の話だ。厳重な結界が解かれてしまう可能性は、ごくわずかだったはずなのに。

「ああ、皆おそろいで――こんなに熱烈に歓迎してもらえるとは」

声を聞いた瞬間、美世の心臓が大きく跳ね上がった。

◇◇◇

清霞は隊員たちを率い、新に教えられた場所に急行した。

——帝《みかど》が、宮にいない。

先んじて新から『宮城《きゅうじょう》から帝が連れ出されるのを見た』という知らせが届き、遅れて堯人からの連絡を百足山から聞いたときには、何の間違いかと己の耳目を疑った。

しかし、あの堯人直々の連絡と、新からの式での知らせ。二つ揃《そろ》えば、帝の身に何かあったのは確実だ。

そして、帝がかかわるとなれば、隊長である清霞が出るのは必然だった。

「薄刃、状況は？」

清霞が部下を引き連れ指定された場所に到着すると、すでに新が待っていた。

「陛下はこの先にいます」

新の指し示した先には、海の方角へ続く街道が伸びている。帝、および帝を連れ去った者たちの目的地が海に関係しているとすると、どうにもよくない考えが浮かぶ。

万一、船で脱出でもされれば、追うのは難しい。

「どうやら陛下を弑《しい》するつもりはないようですね。あくまで丁重に扱っている印象です。港へ近づく様子もない。おそらくですが、皇家の別荘があるほうへ向かっているのではないかと」

新は追跡させている式と視界を共有し、そう推測する。

清霞としても、異論はなかった。

今の時点で帝を弑しても、異能心教にも甘水にも利点はない。しいていえば、甘水が薄刃澄美《すみ》と引き裂かれる原因を作ったのが帝であるため、甘水の個人的な怨恨《えんこん》の対象ではあるだろうが。

(別荘を潜伏場所にでもしているのか)

皇家の別荘は、宮城や禁域と同じく宮内省の管轄。

宝上《ほうじょう》の者の監視が外れていたことといい、すでに政府内部に異能心教の影響が広がり始めていると考えるべきかもしれない。

「甘水の姿は?」

「今のところはありません。ただ、帝が連れ出されたときには、明らかに甘水の異能が働いていました。奴が何らかの形でかかわっているのは、間違いないでしょう」

そこまで聞いて、清霞は顎《あご》に手をやり思案する。

本当に、このまま帝を追っていいのか。堯人からの要請である以上、従わないわけにはいかない。しかし、どうにも今の状況は罠《わな》のような気がしてならない。

（帝を囮《おとり》にして、堯人さまや美世を狙う。大いにありえる）

だからこそ屯所には、信頼でき、能力も申し分ない百足山を置いてきた。五道《ごどう》がいない今、それが最善だ。

とはいえ、実際に屯所に甘水が攻めてきたら、清霞かあるいは新ほどの使い手がいなければ相手にもならない。あっという間に制圧されてしまうだろう。その点、百足山や薫子では力不足だ。

こうして、清霞も新も帝に引きつけられている状況は好ましくない。

「少佐、屯所に戻ったらどうです」

唐突に、新が切り出した。

彼の表情からは、何の感情も読み取れない。異能心教の祖師と呼ばれる人物が甘水直だったとわかったときから、彼の人柄は変わった。いや、上面をあまり取り繕わなくなった、というべきだろう。

「……不可能だ。この場の責任者は私だ。離れることはできない」

新も清霞と同じ考えであるのはわかるが、提案に乗ることはできなかった。

「でも、少佐もわかっているのでは？　陛下の誘拐は陽動の可能性があると。いえ、その言い方も当てはまらないかもしれませんね。陛下──ひいては帝国全体を従わせる権威を手に入れるのも、あちらには利のあることでしょうから。ただ、本命はおそらく」

「美世か」

知らず、唸《うな》るような低い声が出た。

「そういうことです。甘水は薄刃を離反した身でありながら、どこまでも、誰よりも薄刃に囚《とら》われている。だから、奴にとって美世は計り知れない価値のある存在なんです」

言葉を切り、新は清霞に向き直った。

「決断を、少佐」

新の瞳《ひとみ》には、強い覚悟の光があった。

それを見ていると、職務に縛られ、即座に美世を守ると宣言できない自分が、情けなく思えてくる。けれど、そうなるとわかっていて軍に入ったのは、清霞自身の選択だ。

「私は──」

屯所には戻らない。

そう口にしようとしたのと同時だった。物凄《ものすご》い速度で近づいてきた一台の軍用車が、清霞たちの前に高いブレーキ音を鳴らし、急停車した。

「誰だ」

すでにここにいる者以外に、誰かが来るとは聞いていない。

清霞が誰何《すいか》すると、自動車から軍服を纏《まと》った大男が降りてきた。

「清霞、私だ」

「少将閣下……!?」

逞《たくま》しく大きな体軀《たいく》を持つその姿は、まぎれもなく、対異特務小隊すべての責任者である大海渡征《おおかいとまさし》その人だ。

大海渡は清霞たちの前に堂々と立つと、高らかに指示を下した。

「堯人さまからの命である。久堂《くどう》少佐、貴官はただちに対異特務小隊屯所へ戻るように。他の者は現時点より、私の指揮下に入れ。これより、陛下を誘拐した反逆者を追う」

「閣下、それは」

清霞にとっては願ってもない命令ではあるが、だからこそ、信じられずに思わず声を上げた。

本来ならば咎《とが》められるべき清霞の反応に、大海渡はにやり、と笑う。

「堯人さまより、君に代わりに謝っておいてほしいと言い付かっている。——君に陛下を追えと言ったのは、誤りだったと。天啓に基づいた指示を出すのが遅れて申し訳ない、とおっしゃられていた」

天啓の結果、清霞にこの命令が下された。それはつまり、天啓によって、屯所に清霞が必要になる未来が見えたということだ。

やはり、甘水の狙いは美世だった。

「御下命、謹んで承ります」

清霞は大海渡に対し、軽く頭を下げて礼をすると、身を翻す。

「少佐、美世のことを頼みます」

背後からかけられた言葉にうなずきだけを返し、清霞はひとり、婚約者の元へ駆けだした。

◇◇◇

そのときの衝撃は、驚き、などという言葉では表せないほど大きかった。

ここにいるはずのない、姿の見えない者の声が聞こえる。

「美世、迎えに来たよ」

名を呼ばれ、美世は息を呑《の》んだ。

とても近いところから声は聞こえるのに、その者——甘水がどこにいるのか、わからない。気味が悪くて、寒気がする。

咄嗟《とっさ》に美世を庇《かば》い、百足山と薫子が前に出るが、相手が見えないのではどうしようもない。

「甘水直！　どこにいる、出てこい！」

百足山が怒鳴ると、意外にも素直に、声の主は姿を現した。

徐々に男の身体が輪郭を持ち、ただの背景だった視界の中に人間の形として色づいていく。

焦げ茶の短髪に、丸眼鏡。以前と変わらず瞳に獰猛《どうもう》な光がちらつく、袴《はかま》にとんびを纏った男が、間違いなくそこにいた。

「歓迎、感謝するよ。しかしもっと楽に入ってこられると思ったら、予想より警備が厳重だった。さすがは久堂清霞、というところだろうか」

何がおかしいのか、ははは、と笑う甘水に肌が粟立《あわだ》った。誰かの唾《つば》を呑み込む音がやけに大きく響く。

誰も気づかぬうちに、道場と外とを繋《つな》ぐ戸は開け放たれている。甘水はどうやら真正面から異能を使って侵入してきたようだった。

甘水と美世たちの間には、大股《おおまた》で歩いて十歩分ほどの距離しかない。

今のところ甘水の歩みは止まっているものの、下手に動けもせず、こちらの全員の命は甘水に握られたも同然だ。

(いったい、どうしたら)

甘水の狙いは美世だ。このままでは美世のために対異特務小隊の隊員たちが皆、危険にさらされる。

少なくとも薫子や百足山は、美世の警護が任務である以上、危険なのは当たり前だと言うだろう。確かに事実だが、だとしたら美世は自身の危機にただ黙って他人の命が消費されていくのを見ているしかないのだろうか。

「どうやって、入ってきた」

時間を稼ぐためだろう、百足山が問う。

甘水はできる限り時間を引き延ばしたい百足山の内心に気づいているだろうに、面白そうに目を細めた。

そして、告げられたのは耳を疑う内容だった。

「簡単な話だ。ぼくも中に入れるように、結界を内部からいじってもらったのさ」

「なにを……ふざけたことを」

「残念ながら、ふざけてはいないよ。信じたくないのはわかるがね」

美世は自分の腕で自分の身体を抱え込むようにして、必死に震えを押さえ込んでいた。

結界の詳しい仕組みは、理解できていない。ただ、甘水の語る内容が、この対異特務小隊に裏切り者がいることを示唆しているのは十分にわかった。

「対異特務小隊に、異能心教と内通している者がいるとでも？」

「そう言ったつもりだが、わかりにくかったかい？」

「ありえない……」

「現実を見たほうがいい。こうしてぼくがここにいる以上、誰かが結界を破れるように手引きしたのは間違いないんだから」

百足山は口惜しそうに黙り込む。それを見て、甘水は笑みを深めた。

「どうやって入ったか、教えてあげよう」

「…………」

ゆっくりとした動作で、その苛烈《かれつ》な感情を宿した瞳を内通者に向ける。

最初、美世は自分が見られたのかと思った。けれど、違った。

（え……）

甘水の視線は、真っ直ぐに薫子を射貫《いぬ》いていた。

「陣之内薫子さん。ご協力、どうもありがとう」

ざわり、と空気が揺れる。

美世は、己の頭が真っ白になるのを感じた。

強敵の前であることも忘れ、隊員たちが動揺し、囁《ささや》きあうのが聞こえる。

「薫子さん、どうして」

気づけば、美世は呆然《ぼうぜん》と疑問を口にしていた。

びくり、と肩を上下させ、薫子はおもむろに後ろにいる美世を振り返る。彼女の凜《りん》とした美貌《びぼう》は、紙のごとく白く血の気がない。

「わ、私……」

「事実なのか、陣之内」

さすがに動揺を感じさせない声音で、百足山も問う。唇をわななかせる薫子は、全身が絶望に染め上げられているように見えた。

「私は」

「正直に答えるといい。ぼくが指示したことも、君が置かれている状況も。そうしたら、少しは同情してもらえるかもしれない」

「…………」

薫子は無言のまま、震える唇を噛《か》みしめてうつむいた。

皆が固唾《かたず》を呑んで彼女を見守っている。彼女が何を語るのか、信じたくない気持ちで次の言葉を待っている。

けれど、黙ったままでは肯定しているのと変わらない。

道場内に、百足山の怒号が鳴り響く。

「陣之内！　何とか言ったらどうだ！」

「いっ……言え、ません」

薫子は震えながら、首を横に振る。

甘水は、そんな美世たちの、仲間内で揉《も》める様子を面白がって傍観しているようだった。

「言えないって、自分がやったと宣言しているのと変わらないと思うけれど。潔く話してしまうのがいいのではないかな」

薫子は甘水が嘲笑《あざわら》うのを聞いて、歯を食いしばる。そして、叫んだ。

「ええ……ええ、そうだよ！　あなたの言う通り、結界に細工した。だから約束は、父は無事なんでしょうね!?」

真っ青な顔のまま、甘水に問う彼女の姿に全員が絶句した。百足山ですら、薫子を凝視して言葉を失っている。

薫子は戸惑う仲間たちを振り切るように、じっと甘水だけを見つめていた。

「もちろん、君の父親も実家の道場も無事だ。なにせ、元より何もしていないのだから」

「え……？」

「最初から、君を脅すための嘘でしかない。君の実家を人質にとったなんていうのは。まんまと騙《だま》されてくれて、助かった」

そこまでの会話でも十分、薫子の身に何があったのか察することができる。

帝都へ出てきた薫子に対し、実家を人質にとったと嘘を吐《つ》いて脅し、無理やり従わせた。結界に細工して、甘水が屯所に侵入できるようにと。

だから、帝《みかど》が誘拐されたと聞いたときから、彼女の様子がおかしかったのだろう。

このまま清霞が屯所を留守にすれば、甘水がやってくると知っていたから。

（ひどい……）

家族の命を盾にとられ、裏切りを強要された薫子の苦しみはいかほどか。ずっと激しい心苦しさを抱えながら、日々を過ごしていたのだと考えるだけでも、胸が痛くなる。

狙われているのは美世だ。けれど、薫子を恨む気にはなれなかった。

「そんなことって……。じゃあ、私は、なんのために」

薫子は膝《ひざ》から崩れ落ちる。誰もが彼女にかける言葉を持ち合わせてはいなかった。

しかし百足山だけは怒りに燃え、甘水を睨《にら》みつける。

「人の心を弄《もてあそ》ぶとは……」

「ははは。こんなものは、単なる戯れにすぎない。いちいち目くじらを立てることでもあるまいに」

この男は、おかしい。美世は夢で見た過去に思いを馳《は》せる。

母は、こんな男が好きだったのか。否、そんなことはあるはずがない。もう顔も思い出せない母だけれど、彼女は人を思いやる心をちゃんと持っていた。

でなければ、美世を斎森《さいもり》家から守るために異能を封じたりしない。

（薫子さんを泣かせた）

わざと人を悲しませる。そんな人間が、人の上に立つ。この帝国を統べる。想像するだけで身の毛もよだつとんでもない未来だ。

甘水は、今も楽しそうに笑っている。

「けっこう面白い見世物だったよ、諸君。さて、そろそろぼくも目的を果たしたいところだが……」

「させると思うか、この外道」

殺気が見え隠れする百足山の吐き捨てるような罵倒《ばとう》にも、甘水はまったく動じない。

「簡単だ」

甘水はゆっくりと懐から短刀を取り出し、鞘《さや》から抜き放つ。そして、歩を進め始めた。百足山も冷や汗を滲《にじ》ませつつ、腰のサーベルを抜く。すると、他の隊員たちも皆、揃《そろ》ってサーベルを抜いた。

「婚約者殿。自分が応戦して時間を稼ぎますから、その隙に逃げてください」

美世が驚いて百足山の背を見た。

「でも」

「それが自分たちの仕事です。あなたを奪われないために、ここにいるんです。あなたも覚悟を決めなさい。あなたの仕事はなんですか」

(わたしの、仕事)

たとえひとりになっても逃げること。きっと、彼の想定している答えはそれに尽きる。

(わたしは、いいの？　本当にそれで)

このまま美世がここを離れたら、甘水は美世を追うために、邪魔をする皆を殺すだろう。

そうしてひとりで逃げ切って、そのあとは？

美世は捕まるわけにはいかない。わかっている。

夢見の力は危険だ。万が一捕まって、薫子のように脅されたら、美世も異能心教のために異能を使ってしまうだろう。

「まずは、君に死んでもらおうか」

口元に楽しげな笑みをたたえ、甘水は慣れた動きで短刀を構える。

「大人しくやられはしない」

「さて、どうだか」

甘水の短刀と、百足山のサーベルが正面からぶつかり合い、高い金属音を奏でる。しかし、そのたった一合の打ち合いであっけなく決着がついた。

「な……！」

百足山の持つサーベルは根元から折れ、刀身が床に落ちる。何が起こったのか、美世にはまるで見えなかった。

「脆《もろ》い」

甘水は呟《つぶや》くと、好戦的な表情で百足山の首筋に短刀を突き立てようとする。凄《すさ》まじい速度のそれを、肩を掠《かす》める程度で躱《かわ》した百足山は、鋭い回し蹴《げ》りを放った。

「君の異能は、身体能力の強化か何かかな。危ない、危ない」

蹴りは避《よ》けられたが、甘水は何歩分か後退し、また距離が空く。

（このままじゃ……）

美世は周囲を見渡した。

前方で率先して甘水と刃《やいば》を交える百足山は、すでに肩を負傷している。深手ではなさそうだが、血が多く流れていて、放っておけばそのうち動けなくなってしまうだろう。

薫子は、床に座り込み脱力したまま、うつむいて動けずにいる。当たり前だ。本意でなく、仲間を裏切ってしまった。とても立って戦える精神状態ではない。

美世の左右や後ろでサーベルを構える異能者たちの面には、怯《おび》えが滲む。

素人の美世でもわかった。このままでは、甘水の思い通りに翻弄《ほんろう》されて終わる。そしてそれは、他でもない美世のせいだ。

（わたしに何ができるの）

たとえ何かができたとして、勝手に動くのは皆の足を引っ張るだけではないのか。

ずいぶん長く逡巡《しゅんじゅん》していた気がしたが、実際には衝動的、といっていいほど勢いに任せて、美世は動いた。

「馬鹿が……！」

再び百足山との間合いを詰めようとした甘水の前に、躍り出る。背中に百足山の罵倒を浴びたけれど、聞き流した。

「やめてください」

両腕を広げ、言い放つ。

自分で思っていたよりも、美世は落ち着いていた。心拍数は苦しくなるほど上がっているのに、指先の温度は氷のように低いのに、真っ直ぐ揺らがぬ声が響く。

甘水は口端を吊り上《つあ》げると、足を止めて短刀の切っ先を下ろした。

「美世、大人しく父についてきてくれる気になったか」

「いいえ。わたしは、あなたを父とは認めません。誰かを傷つけて平気で笑っていられるあなたに、協力もしません」

「……なるほど。では、なぜ前に出てきた？」

美世の拒絶にすら、甘水は楽しそうにうなずいてみせる。

この男に言葉が通じるのか、不安もある。恐怖も。けれど今、ここにいる人間の中で最も命を失う危険が少ないのは、美世自身。誰かが傷つくくらいなら、美世が前に出るほうが、ずっといい。部下が傷つき、悲しむ清霞をまた見るくらいなら。

（百足山班長のように、たとえ少しでも時間を稼いだら助けは来る？）

皆を傷つけたくないからといって、甘水に捕まるつもりもない。しかし、策を考える時間もなく、助けが来るかもわからない。

わからないまま、慎重に甘水の問いに答えた。

「あなたは……わたしを殺さない、からです」

「正しい判断だ。反吐《へど》が出そうなほど立派な自己犠牲。恐れ入る」

「…………」

「ただ、父はそういうのが大嫌いなんだ」

背筋に、悪寒が走った。

甘水の機嫌を損ねたら、きっと皆殺しになる。美世だって、夢見の力に利用価値があり、甘水が『娘』と思っているからまだ無事でいられるけれど、彼の気が変われば命はない。

どうしたらいい。このまま拒絶し続けるか、あるいは阿《おもね》るか。

悩む美世をよそに、甘水は語る。

「君の母も――澄美ちゃんもそうだった。一族のためだなんて言って、斎森のような塵《ちり》同然の家に嫁いで。愚かだ。本当に愚かすぎて、憎らしい」

腹を抱えて笑いだした男の瞳《ひとみ》には、どす黒いものが渦巻いて見えた。それは泥のようにねっとりと纏《まと》わりつく重さを持ち、すべてを焼き尽くす炎が黒煙を上げているようだった。

(母は、愚かなんかじゃない)

守りたかっただけだ。路頭に迷う寸前だった薄刃家を、家族の命を、美世の人生を。

母のことを美世はほとんど知らないが、これだけは理解できる。だって、美世も同じだ。

（そうか、そうなのね）

この男が、できなかったこと。今、異能心教なんて組織を作り、やりたがっていること。それもまた同じなのかもしれない。

美世は息を深く吸い、父を名乗る男を強く見返した。

「わたしは、あなたの娘にはなれませんし、あなたの考えには賛同できません」

「君も、ぼくが必要ないというのか」

「母がそう言ったのですか？」

「うるさい。……君には、教育が必要みたいだ」

空いているほうの手で、髪を掻《か》きむしりながら唸《うな》る甘水。もう、時間稼ぎも限界だろう。

しかし、心のどこかで安心している自分がいた。

甘水の反応からして、美世の父親は間違いなく斎森真一《しんいち》なのだ。目の前の男ではない。

あれほど離れたかった斎森に生まれて、よかったと思える日が来るとは想像だにしなかった。けれど、間違いなく安堵《あんど》している。斎森家で過ごした日々が、偽りの上に成り立っていたものではなかったことに。

覚悟を決めて、言葉を連ねる。

「わたしをここから連れ出しても、母を救ったことにはなりません。あなたが救いたかった母は、もうどこにもいません」

「違う」

「わたしは、わたしです。だから、あきらめてください」

確かに美世は薄刃の血を引く人間だ。でも、斎森で生まれ育った、斎森の娘でもある。斎森家で過ごした日々があったから、今の美世があるのだ。

斎森家に嫁いだ母の正直な気持ちはわからないけれど、少なくとも美世は、甘水に連れていってもらいたいとは思えない。

甘水直という男が、どれだけ澄美を救いたかったと後悔しても、過ぎた時間は戻らず、代わりになる存在はいない。美世は、彼の思い通りには動けない。

「浅い、浅いな、美世。君の世界は狭すぎる。ぼくの目的はそんな浅瀬にはない。もっと広い、大海原を見渡してもらわなければ困る」

甘水は、笑っていた。

「やはり、力づくで連れていくしかないようだ」

鋭い短刀が再び構えられる。同時に、その姿は背景に溶け込み、徐々に見えなくなる。

「ちっ……消えられたら、手の出しようが」

目で見えず、耳で聞こえない者を相手にはできない。

百足山の焦燥が、美世にも伝わってくる。

「全員、婚約者殿の周りを固めろ！　甘水を通すな！」

「百足山班長、わたしは」

これでは結局、隊員たちが犠牲になるのを避けられない。美世が口にする前に、百足山は首を横に振った。

「もう時間切れだ。我々の命を惜しむというなら、無事に逃げ切ることをお考えください」

「そんな」

「陣之内、いつまで座り込んでいる！　立て、立って戦え！」

百足山は肩の傷を押さえ、未《いま》だ動けずにいる薫子を怒鳴りつける。

すると、薫子がぐ、と鞘《さや》に納めたままのサーベルの柄《つか》を握るのが見えた。そして、手の甲で目元を拭《ぬぐ》うと立ち上がる。

「ごめん、美世さん。自分の不始末は自分でちゃんと片を付けるから」

「でも……でも」

目を赤くした薫子も、軍服を血に染めた百足山も、サーベルを構え周囲を警戒する隊員たちも。皆まるで死地に赴くような面持ちでいる。

戦いになってしまったら、美世は無力だ。

「いいか、くれぐれも一斉に異能を発動するな！　異能の効果がぶつかり合って相殺される可能性がある！」

百足山の指示に、隊員たちはうなずく。

しかし、相手はさすがに薄刃の異能を持つ異能者だった。

「ぐ……っ!?」

突如、美世の隣で警戒していた薫子の身体が吹き飛んで、床に叩《たた》きつけられた。

「薫子さん！」

思わず悲鳴を上げた美世は、腕を強く摑《つか》まれた。

「いやっ」

「君はぼくと来るんだ。ここにいる人間を傷つけられたくなければ」

耳元で囁《ささや》かれた不穏な言葉たちに総毛立つ。

(行きたくない。でも……)

美世が甘水の手から逃れようと身を捩《よじ》った瞬間、冷たい感触が首筋に当たる。それが、甘水の短刀であるとすぐに気づいた。

「さあ、大人しくしてもらおう」

それは美世を含め、この場の全員に対する脅しだった。

こうなると、もはや誰も甘水には手を出せない。彼は美世を殺しはしないだろうが、容易《たやす》く傷つけるだろう。

「美世さん……っ」

ふらふらと立ち上がり、薫子が美世を呼ぶ。

（わたしは、もう）

刃《やいば》を突き付けられたまま、甘水に引き摺《ず》られるようにして道場の戸口まで歩かされているこの状況で、脳裏をよぎるのは大切な人の顔だった。

――旦那《だんな》さま。

ああ、ようやく、わかった。清霞のことを考えたら、こんなにも死ぬのが怖い。離れたくない。切なくて、苦しくて涙があふれる。あんなにも彼を知りたかったのは。薫子との過去が気になって仕方なかったのは。

この、気持ちの正体は。

「私の婚約者から、離れろ」

一瞬の出来事だった。

背後から冷え切った声が聞こえる。と同時にすでに甘水の身体は地に伏し、その背は軍靴に踏みつけられていた。

急に自由になりふらついた身体を、優しく抱き留められる。

「あ……旦那、さま」

「遅くなった。――泣いたのか？」

見上げれば、美世の一番大切な人の麗しい微笑みがあった。

白い手袋をした指先が、濡《ぬ》れた美世の頬に触れる。

(あなたを想ったら、泣けてきた、なんて)

絶対に言えないし、気づいてほしくない。気恥ずかしくて、美世は赤くなった自分の頬を手で隠した。

「久堂、清霞……！」

憎々しげに清霞を呼び、甘水は後ろ手に持ち替えた短刀を、自分の背に乗った足へ向かって振りかざす。

咄嗟《とっさ》に美世を背後に庇《かば》い、清霞が足をどかした隙に、甘水は地面で身体を反転させ起き上がって飛び退いた。

もうさほど若くはないはずの甘水の身体能力に、唖然《あぜん》とする。

「やはり、戻ってきたか」

「あいにく、こちらには未来の視《み》える御方がいる。そもそも、あのようなあからさまな陽動ではな」

「堯人皇子か……なるほど。今回はぼくの策が安直すぎたようだ」

甘水は無表情で肩をすくめる。

彼に初めの余裕はなかったが、計画を阻止されたにもかかわらず、特に何の感慨も抱いていないように見えた。

まるで、計画に失敗したとは考えていないような。

清霞も甘水の態度に感じることがあったのか、片方の眉《まゆ》をわずかに動かす。

「甘水直、貴様に次回はない」

「いいや、まだ始まったばかりだ」

にい、と彫りの深い顔が愉快そうに歪《ゆが》む。

すると突然、どこからともなく現れた大きな水の塊が、いくつも飛んできた。

「きゃ……っ」

美世は反射的に目を閉じる。しかし、すべての水球は誰にも接触することなく、清霞と隊員たちの手によって散らされた。

「宝上か」

清霞が軽い舌打ちとともに不機嫌そうに呟《つぶや》くのを聞き、美世が目を開けると、すでに甘水の姿はなかった。

（終わった、の？）

また異能で姿を消しただけで、近くにいるのかもしれない。そう思っても、もう美世の精神は限界だった。

清霞が、いる。

それだけでひどく安心感に満たされ、へたり込んでしまった。

「美世!?　どうした、どこか怪我をしたのか!?」

ぎょっと目を丸くした清霞が慌てて跪《ひざまず》き、美世の背を支えてくれる。とりあえず心配はかけまいと首を横に振れば、清霞は安堵して息を吐く。

「ごめんなさい。……なんだか、腰が抜けてしまったみたいです」

「いや、私が駆けつけるのが遅くなったせいだ。怖かっただろう」

怖かったのは、確かだけれど。それ以上に、誰も命を落とすことなく、美世も甘水に連れ去られずに切り抜けられて、ほっとしている。

美世は震える指で、清霞のコートの袖《そで》を掴んだ。

「助けてくださって、ありがとうございます」

「お前が無事でよかった」

冷えた身体を抱きしめられる。涙は出なかったけれど、とても泣きたい気持ちになった。

「――取り込み中、失礼しますが」

頭上から、やや苛立《いらだ》ち交じりの百足山の声がした。

清霞は渋面の部下を一瞥《いちべつ》し、鼻を鳴らす。そして腕の中の美世の身体を渋々解放しつつ立ち上がり、百足山を睨《にら》みつけた。

「なんだ」

「ただいま怪我のなかった隊員たちに甘水と宝上が潜んでいないか、付近を確認させています。怪我人はすでに救護室に運ばせました。幸い、重傷者はいません」

おそらく、最も傷がひどいのは百足山自身だろう。こうして報告している間にも、肩の傷を押さえた布が赤く染まっている。

「ずいぶん手酷《てひど》くやられたものだな」

「……申し訳ありません。自分の力不足で、婚約者殿を矢面に立たせてしまいまし――っ、つっ！」

百足山が言い切る前に、清霞は彼の頬を平手で打った。

「だ、旦那さま！」

「警護対象を人質にとられるなど論外だ。お前はいったい何のために存在している。与えられた役目ひとつこなせない人間は、私の隊にはいらない」

「はい」

「それで、矢面に立たせたとは？　返答次第では懲罰も検討せざるを得ないが」

今の清霞は、美世が滅多に見ることのない、冷酷とうたわれる鬼隊長と化していた。

一方で、さっきまではあんなにも堂々と、隊員たちを取りまとめていた百足山が小さくなっている。

鬼よりもおそろしい怒気と冷気を発する上司を前に、百足山はいっさいの私情を挟まず、甘水が現れてから起きたことを洗いざらい話した。

「すべて、自分の責任です。懲罰でもなんでも、受ける覚悟はあります」

清霞は、申し訳ありません、と頭を下げた百足山を上向かせる。再び高らかな音を響かせて彼の頬に平手が飛んだ。

あまりに痛々しい光景で、美世は口元に手をやった。

「中年男に一撃で剣を折られ、負傷し——あまつさえ素人に、しかも警護対象に庇われる。お前は本当に軍人か？　いったいどうしたらここまでの失態を演じられるのか、理解に苦しむ」

「申し訳ありません」

「謝罪はいらない。お前が使えない人間だというのがよくわかった。望み通り、おいおい罰を与える」

「はい」

「わかったら、さっさと行け。後始末程度ならお前にもできるだろう」

「はい。……失礼します」

小走りに去っていく百足山の背から、哀愁が漂う。

彼はよくやっていたように見えた。ただ、甘水が強敵すぎたのだ。それは彼の責任ではないし、百足山が踏ん張ったからこそ、甘水に襲撃されてもほとんど被害を出さずに済んだ。

「旦那さま、百足山班長のこと……」

言いかけて、口を噤《つぐ》む。こんな場面を百足山本人が見たら、また余計な口出しをするなと叱られてしまう。

けれど、清霞にはちゃんと伝わったようだ。

「わかっている。お前がここにいられるのは百足山が働いたからだろう。あれは優秀な男だ。罰も受けさせるが、働いた分は後で労《ねぎら》うから安心しろ」

「はい。……それと、あの」

気になっているのは、もうひとつ。

美世は隊員たちが忙《せわ》しなく行き来する道場の中を見遣《みや》る。そこにはすでに、彼女はいなかった。

「薫子さん、は」

その名を口にすると、嫌な想像が次々と頭の中に浮かんでしまう。

軍隊において裏切りは、重罰の対象だろう。もし戦場において誰かが裏切れば、致命的な損害が出かねない。それを防ぐため、死刑すらありえるのではないか。

薫子だって、裏切りたくて裏切ったわけではない。けれど、結果として敵を招き入れてしまったのは事実だ。

彼女は美世にとって、大切な友人。彼女が美世にどんな感情を抱いて接していたとしても、共に過ごした時間は楽しくて尊いものだった。

胸が痛くてうつむけば、清霞の大きな手が頭に乗せられ、優しく撫《な》でられた。

「期待はするな」

「…………」

美世は後味の悪さを逃がすように、息を吐く。

せめて、せっかくできた友人の命が尽きずに済むことを祈るばかりだった。

◇◇◇

新は、大海渡率いる対異特務小隊の隊員たちと拉致《らち》された帝《みかど》を追って皇家の別荘を訪れていた。

無論、別荘は誰でも自由に出入りできるような場所ではない。

しかし式に追わせた自動車は、真っ直ぐその方角へ向かっていき——途中で姿を消した。

「式が消えました……」

道中、呆然《ぼうぜん》と呟いた新に、大海渡が反応する。

「消えたとは？　自動車の行方がわからなくなった、ということか」

「ええ。気づかれたのかもしれません」

この海岸沿いの街道は一本道だ。この先、ずっと進んでいけば別荘のある宮内省の管轄区域があるだけである。今さら新の追跡を振り切ったところで、意味はないように思えた。

ただ、それでも消したのだとしたら、何か目的があるのか。

異能や術についてはまるきり門外漢である大海渡は、顔をしかめた。

「今はとにかく進むしかあるまい。なんにせよ、この先に進んだところで必ず宮内省の警備にぶつかるはずだ。甘水直の異能は、物体を透過できるわけではないのだろう？　宮内省の管轄区域に無理やり入ったなら痕跡《こんせき》は残るはずだ。それがなければ、あるいは……」

大海渡の濁した言葉の先は予想がついた。

——国の中枢は異能心教に侵食されている。

考えたくない話ではあるが、『すでに』にしろ『今後』にしろ、取り返しがつかなくなる前に想定しておかなければならない事態ではある。

（もうひとつ可能性があるとすれば……）

最初から、帝はここに来ていないとも考えられる。

新が宮城《きゅうじょう》付近を張っているのに気づいていて、式で追ってくることもすべて予測した上で、式の目を偽り、まったく関係のないここまでおびき寄せた——という可能性だ。

こちらも、あまりあってほしくない。下手をすれば、帝の行方がまったく見当もつかなくなるだけでなく、新自身、ひいては薄刃家への信用問題につながってしまう。

薄刃への不信感がこれ以上募るのはまずい。

新たちはそのまま進み、ついに宮内省の管理下にある皇家の土地へとやってきた。

石の塀に囲まれている上に敷地内は林のようになっており、鬱蒼《うっそう》とした常緑樹に阻まれて、中がどうなっているのかは目視できない。

門は、固く閉ざされていた。

(門衛も無事、か)

新は門に近づく大海渡を苦い気持ちで見ていた。どうやら、嫌なほうの予感が当たってしまったらしい。

案の定、誰もここを通っていないと証言した門衛に、対異特務小隊の面々も動揺している様子だ。

「一応、中を調査する」

大海渡はそう言うが、納得していない者も多そうだ。

隊員たちの棘《とげ》を含んだ視線を浴びつつ、新は大海渡のあとについて皇家の敷地に足を踏み入れた。

当然、別荘の中に誰かが入った形跡もなければ、そもそも地面に人間が踏みしめた跡や、自動車の轍《わだち》などもなく、少なくともここ数時間のうちに人が来た事実がないのは明白だ。

新は、元よりなかった信用が、さらに落ちていくのを肌で感じていた。

「薄刃の嘘だったのでは」

「甘水に加担しているかもしれない」

そんな囁《ささや》きが聞こえてくる。

「……撤収する」

大海渡が決断を下したのは、半日ほどくまなく敷地内を調査したのちのこと。

これほどまで何の形跡もなければ、帝を乗せた自動車がこの地に来ていないのは明らかだった。つまり、新はまんまと幻を追わされたというわけだ。

（くそ……っ）

これでは、ますます薄刃の立場が悪くなるばかりだ。

「少将閣下」

新は思わず、大海渡を呼び止めていた。

このまま、手ぶらでは帰れない。成果がなければ、あまりにも立つ瀬がなかった。

「今日いっぱいで構いません。ここを調査する許可をください」

「ひとりで調査を続けると？」

「はい」

我がままは承知の上。けれど、新にも黙って引き下がれない理由がある。

どうか、と頭を下げる。そんなことをしても無駄だ、という声は無視して頭を下げ続ければ、大海渡は大きくため息を吐《っ》いた。

「許可する。気が済むまで調べるといい。堯人さまには私から報告しておく」

「ありがとうございます」

「他の者はこのまま帝都に帰還する」

大海渡たちはそのまま引き上げていき、新はひとり、取り残された。

ひとりになると、どうしても己の不甲斐《ふがい》なさに対する苛立《いらだ》ちに支配されてしまう。甘水に、翻弄《ほんろう》されている。この状況がたまらなく嫌だった。

（どうして、上手くいかない）

もし甘水が薄刃を恨んでいて、陥れようとしているなら大成功だ。もはや薄刃の名が事情を知る人々の嫌悪の対象になるのは、時間の問題だろう。

こんなはずでは、なかったのに。

「くそ、くそっ！」

地面を蹴飛《けと》ばし、ひたすら悪態をつく。

美世を守り、救うのは清霞に任せた。新の役目は甘水の尻尾《しっぽ》を摑《つか》むことだと思ったからだ。けれど、実際には、何ひとつ摑めていやしない。

苛立ちのままに、新はがむしゃらに辺りを歩き回った。手足が冷え切っても、鼻先の感覚がなくなっても構わず、ただひたすらに。

しかし、どんなに探し回っても手がかりは何もない。

当たり前だ。ここへは誰も来ていないのだから。

気づけば日は傾き、明かりのひとつもない周囲は、深い闇に包まれつつあった。

「無駄だった……んだろうな」

今の新にとっては、闇よりも帝都に帰るほうがおそろしい。

(どんな仕打ちが待っているか)

自嘲《じちょう》していると、ふと背後で足音がした。

「――やはり、残っていたか」

振り向いた新の目に映ったのは、やや疲労が見え隠れする甘水直の姿だった。

咄嗟《とっさ》に懐から銃を取り出し、銃口を向ける。

「お前のせいで……っ」

「ぼくのせい？　ははは。おかしなことを言う」

新が引き金を引けばすぐにでも命を奪えてしまうというのに、甘水は余裕な態度を崩さない。

「何がおかしいんですか」

「おかしいだろう。君に、薄刃に偏見を持っているのは誰だ？　ぼくか？」

「それは……」

違う。なんだかんだと理由をつけ、薄刃の本質を見ようともせず、迫害しているのは甘水ではない。他の異能者たちだ。軍人たちだ。

けれど、その状況を作り出した理由の一端は間違いなく、目の前の男にある。

引き金にかけた指に力が籠《こも》る。

「そんな言葉に俺が惑わされるとでも?」

「いいや、そうは思わない。これでも薄刃の異能者の能力は買っている。こんな単純な手に引っかかる性質ではないだろう」

「よくわかっているじゃないですか。なら、死んでください」

新は心の底からの殺気を放っていたつもりだが、甘水はこの期に及んで「まあ、待て」などと言う。

「そうはいっても、君も帝都では肩身が狭いのではないかな?」

「やかましいですよ。あなたに何の関係があるんです?」

「ぼくなら、君に少しだけ生きやすくなる方法を教えてあげられるかもしれない」

「……あなたは、薄刃が憎いんでしょう」

「さて、どうだろう。ただ、ぼくが君に言いたいことは決まっている」

夕日に照らされ、真っ赤に染まった顔に笑みを浮かべ、甘水はゆっくりと片手を差し出した。

「薄刃新。異能心教に入らないか」

馬鹿げた誘いだ。こんないい加減な勧誘に、誰が乗るというのか。

ゆえに、新が答えに迷ったのは、ほんのわずかな時間だった。

六章　これからの気持ち

甘水《うすい》による襲撃を受けた翌日以降も、美世《みよ》は清霞《きよか》とともに屯所へ通う日々を送っていた。

ただし、すべて元通りというわけにもいかなかった。

甘水の行方は再びわからなくなり、彼は未《いま》だ美世をあきらめていない。当然のことながら、美世の身体の自由は以前より減ってしまった。

軍の上層部からの指示で、現在はもう屯所内を自在に行き来することも叶《かな》わず、執務室に詰めている清霞のそばで繕い物などをして過ごしている。

さりとて、行動の制限された生活は今まで屯所でのびのびと過ごしていた時間と比べ、窮屈で色褪《いろあ》せたものに感じて、心は晴れない。

毎日、屯所に来るたびにあるはずのない初めての友人の姿を探してしまう。

よく晴れて、寒さもひとしおとなったこの日も、美世は清霞の執務室で編み物をしながら時間を潰《つぶ》していた。

「隊長、少々よろしいでしょうか」

扉を叩《たた》く音とともに、部屋の外から百足山《むかでやま》の声がする。

「入れ」

「――失礼いたします」

百足山の姿を見るのは久々のような気がする。

彼は失態をさらした責任をとり、班長でありながら使い走りのような仕事を多く請け負っていたらしい。

百足山は甘水に負わされた傷もすっかり良くなった様子で、けれども緊張を孕《はら》んだ硬い面持ちで、清霞の机の前に立った。

「隊長、婚約者殿――斎森《さいもり》美世嬢を、しばらくお借りしてもよろしいでしょうか」

唐突に百足山の口から飛び出した自分の名に、美世は顔を上げる。

部下の申し出を聞いた清霞の表情は厳しい。

「私が許すと思うか?」

「……思いません」

「ならば無駄足だったな。戻って仕事に励むことだ」

取りつく島もなく百足山の要望をはねのけた清霞に、百足山はなんと迷うことなく頭を下げた。

「お願いします。短時間で構いません」

「危険を冒してまで押し通す意味のある話か？」

「……お願いします」

百足山は深々と腰を折ったまま、まったく頭を上げる素振りがない。許可が出るまで、その場を動かないという意志が彼の全身から滲《にじ》み出《で》ている。

清霞もそれを感じ取ったのだろう。

「本当に短時間で済むんだろうな」

「はい」

「わかった。……ただし、私も近くで聞かせてもらう」

「構いません。ありがとうございます」

百足山はようやく姿勢を元に戻し、静かに美世のほうへ近づいてくる。

なんとなく、切羽詰まったような彼の表情に気圧《けお》され、美世は持っていた棒針を置いて居住まいを正した。

「――少々、お時間をいただいても構わないだろうか」

「は、はい」

断る理由はなかった。そもそも、断っても、先ほどの清霞とのやりとりと同じく、うなずくまで粘られる気配をひしひしと感じる。

百足山に促され、美世は彼の後ろについて場所を移動する。

どうやら目的地は道場のようだった。

「美世、道場は冷える。大丈夫か」

「はい。大丈夫です」

美世のさらに後ろからついてきている清霞は、どことなく心配そうにこちらを見ている。

しかし百足山が美世の不利益になるようなことをするとは思えなかったし、寒さについては羽織もあるので問題ない。

道場に着くと中には誰もおらず、がらんとしていた。

甘水との戦闘の舞台となったここは、戦いの中で損傷した箇所もあったはずだが、すでに修復されたようで綺麗《きれい》に整っている。

「すみません。……現状、誰にも邪魔されずに話ができる場所がここしか思いつかなかったもので」

以前のような堂々とした態度ではなく、どこか頼りない空気を漂わせて百足山が謝ってくるので、美世は慌てて首を横に振った。

「いえ、そんな、謝らないでください」

今の屯所内は、ひどく忙しない。

警戒していたはずなのに、まんまと甘水の侵入を許し、隊員の中から内通者まで出してしまう大失態。

さらには、まだ国民には伏せられているものの帝《みかど》の行方も知れず、それに異能心教《いのうしんきょう》がかかわっているとなれば、異能によって対抗できる対異特務小隊《たいいとくむしょうたい》が駆り出されるのもやむなしだ。

隊員たちは全員が帝都のあちこちを駆けずり回って対処に当たっていた。

とはいえ、この屯所内でも多くの隊員が動いているため、落ち着いて話せる場所は限られる。

「――申し訳なかった」

百足山は急に勢いよく後ろの美世を振り返り、再び深く頭を下げた。

「え……」

あまりに予想外の出来事に、美世は呆気《あっけ》にとられる。

まさか、あの百足山が自分に頭を下げるとは思いもよらなかった。目の前の光景が信じがたく、後ろに控えている清霞を振り返るも彼は特に驚いていないようだ。

「自分は、今まで何度もあなたに大きな態度をとってきました。……あなたを敵といい、力のない女性だと蔑《さげす》んだ。偏見を持たないと高言しておきながら、あなたを決して認めなかった。自分は、愚かだった」

「それは、事実ですから……」

美世は目を伏せ、口籠る。

百足山の言い分は正しかった。少なくとも納得のいく論で、しかも面と向かっての忠告だったのだから、不当に見下されているとか、蔑まれていると感じたことはない。

美世には薄刃《うすば》の血が流れているし、薄刃は他の異能者に敵と思われても不思議ではない立場だ。異能者としても拙く、剣を握ることもできない。有事にはただのお荷物になる。

全部、真実だ。

薫子《かおるこ》に対する隊員たちの陰口とは違う。あれは、本人に聞こえないところで、かつ薫子は力を示しているのにそれを無視したものだったから、美世もおかしいと思ったのだ。

「いや、自分が間違っていました。――あのとき……甘水直《なおし》が攻めてきたとき、あなたが前にでなければ、私も、おそらく隊員の多くも命はなかった」

「あれは……でも、わたしも指示を無視してしまって」

美世は自分の行動を思い出し、居たたまれない。

守られる立場にありながら、勝手に動いた。どちらかといえば、責められるべき行動だ。

けれども、百足山は「いいえ！」と声を張り上げる。

「謝らせてほしい。自分はあなたを完全に侮っていた。あなたの何を知っているわけでもないのに。これでは、先入観で物を言う愚か者と何も変わらない。あなたは勇気ある人だ。あなたが、皆の命を守ったんです」

「あ、あの」

何と答えればいいのだろう。元より、美世は百足山に対して怒りを抱いてはいない。

すると、清霞が美世の肩に軽く手で触れる。

「この男を許すか、許さないか。お前が決めろ」

「わたしが……」

だったら、許すも許さないもない。彼には落ち度などないのだから。

美世は真っ直ぐに百足山を見て、口を開いた。

「百足山班長は、間違っていませんでした。わたしの行動は、あのときは運よく働いただけで、場合によっては皆さんを危険にさらしてしまっていました。だから……その、許す、ということになるのでしょうか」

「ありがとう、ございます」

百足山の声は弱弱しく、彼が心の底から悩んでいたことを悟る。

きっと苦しい気持ちを抱えたまま、ずっと働いていたのだろうと想像して、もう十分だと思う。

「百足山」

清霞が呼べば、百足山は顔を上げて「はい」と返事をする。

「私はお前の対応がすべて正しかったとは言わん。お前は臨機応変さに欠ける。よりよい方策も存在したはずだ」

「はい」

「しかしそれは、所詮《しょせん》は結果論にすぎない。そして、結果で語るなら何事もなかった時点でお前は間違っていなかった、ということになるだろうな」

「隊長……」

「此度《このたび》の件、お前に処分はない。むしろ、甘水の襲撃に対して何の判断も下せなかった私にも非がある」

だから、と清霞は言葉を続ける。

「これからもお前には期待している。しっかり働いてくれ」

「はい。承知しました」

百足山はもう一度、深く深く頭を下げ、再び美世に向き直った。

「今後は、徐々に他の隊員たちの意識も変えていくつもりです。堂々と実力主義を謳《うた》える組織になるよう、自分も努めていきます。陣之内《じんのうち》のためにも」

美世はただ、ゆっくりとうなずく。

百足山には十分な統率力がある。その彼が率先して変化を起こそうというのなら、きっと上手くいくだろう。


次の仕事に向かうという百足山を道場に残し、美世は清霞と二人、執務室へと戻った。

道中、美世の胸を占めるのはやはり友人のことだ。

「旦那《だんな》さま。薫子さんは……」

あれから、彼女は一度もこの屯所に姿を現していない。現在は軍本部で拘束され、沙汰《さた》を待つ身である。重大な裏切り行為をしたため、当然の処置だという。

大海渡《おおかいと》の保護下にあるので、拷問を受けるような事態にはならないのが不幸中の幸いだろうか。

「気になるか」

「それは、もちろんです」

美世は歩きながら、視線を巡らせる。

この廊下も、そこに並んだ部屋も。どこを見ても、薫子と過ごした時間が鮮明に脳裏によみがえる。

心地よい記憶ばかりではないけれど、初めての友人との思い出はとても大切なものになった。

(寂しい)

近くに彼女の明るい笑顔がないと、胸に穴が空いたようで寂しくてたまらなくなる。

「裏切りを許すわけにはいかない」

静かに告げた清霞に、美世の心は温度を下げた。

頭ではわかっている。部外者は、余計な口出しをしてはいけない。けれど、敵と通じたというその一点だけで彼女のこれからがすべて判断されてしまうのがつらい。

「薫子さんを助けてはくださいませんか」

気づくと美世は立ち止まり、望みを口にしていた。

理性がここから先の言葉を紡ぐことを止めようとするけれど、動き出した舌は止まってくれなかった。

「薫子さんはご実家を守るために、異能心教に協力せざるをえなかっただけです」

「お前が判断することではない」

「わかって、います。でも」

なおも言い募ろうとした美世に向ける清霞の視線は冷たい。

「陣之内の処遇は軍が決める。お前が何を言っても無駄だ」

「……わたしは、そうかもしれません。でも旦那さまは薫子さんを助けられるのではないのですか」

「私は軍規を曲げる手伝いはしない」

婚約者の声音は、美世が今までに向けられたことのない鋭さを持っていて、少しだけ身震いしそうになる。

しかし、こればかりはどうしても譲れなかった。

「旦那さまは、薫子さんがどうにかなってもいいとおっしゃるのですか」

思ってもいない言葉が口をつく。

清霞とて、薫子のことが心配なはずだ。美世よりもずっと付き合いの長い彼女を、彼が仲間として案じていないわけがない。

（でも……）

薫子が甘水に従わなければならなくなったのは、美世のせいだ。甘水は美世を連れ去るために薫子を利用したのだから。

美世のせいで、彼女はこんな理不尽に巻き込まれる羽目になったのだと思ったら、いてもたってもいられない。

「ここで陣之内を許しては、示しがつかない。我がままを言うな」

「我がままなんかじゃ」

言いかけて、今まさに口にしていたのは自分勝手な我がままだったと自覚した。まるで駄々っ子のような言動だったと気づかされ、押し黙る。

そこに冷ややかな視線が突き刺さる。

「陣之内のことはあきらめろ」

他でもない清霞からの最後通牒《さいごつうちょう》に逆えず、かといってそれを覆す言葉を持たない美世は唇を嚙《か》んだ。

◇◇◇

慌ただしい日常は瞬く間に通り過ぎていく。

気づけば年の瀬になっていて、明日には新しい年がやってくる。

なんだか感慨深い心持ちになりながら、美世はこの日、久堂《くどう》家の本邸にいた。

葉月《はづき》の提案で、昼間、気心の知れた者同士で集まることになったのだ。パーティーとまではいかないが、互いの苦労を労《いた》わりあおう、という趣旨の催しらしい。

もちろん、年末年始は家族と過ごすのが普通なので、参加は強制ではない。

というよりも、この催し自体が、放っておけば大晦日《おおみそか》も正月も家族と会わずに済ませようとする清霞のためのもののようだ。

「いらっしゃい、二人とも。待っていたわよ」

相変わらずの大豪邸ぶりに圧倒されつつ、美世が清霞と本邸を訪れるなり、葉月の熱烈な歓迎を受けた。

少し暗めの赤のワンピースに身を包んだ彼女は、今日も今日とて美しい。

「姉さん……年甲斐《としがい》もなくはしゃがないでくれ、恥ずかしい」

清霞が呆《あき》れきった表情で窘めると、葉月は唇を尖《とが》らせる。

「うるさいわねえ。あなたこそ、年甲斐もなく美世ちゃんにでれでれと鼻の下を伸ばしているくせに」

「伸ばしていない。でたらめを言うな」

美世は二人のやりとりに思わず笑ってしまう。

この姉弟は会えばいつでもこんな調子だ。自分といるときには絶対に見せない清霞の表情がたくさん見られるので、美世としてはうれしい。

二人は談話室に通され、食事の時間まで待つことになった。

あれから――薫子の処遇で清霞と言い争ってから、表面上はいつもと変わらない一方で、互いにどこかぎくしゃくとした心持ちのまま過ごしてきた。

薫子と出会ったときは清霞との仲を疑い、複雑な気持ちだったのに、いざ清霞の手によって薫子が切り捨てられそうになっていると思うと、反感が湧いてくる。

(本当にもう、どうしようもないのかしら)

忙《せわ》しなく日常を過ごしている間は気にしないでいられるのに、こうしてふと腰を落ち着けた隙に、不安ともどかしさが首をもたげるのだ。

「すまない。姉の暴挙に付き合わせて」

額を押さえながらため息を吐く清霞に、美世は我に返り、笑ってかぶりを振る。

「いいえ。暴挙だなんて、わたしもお義姉《ねえ》さんに会いたかったので、うれしいです」

「だが、年末は忙しいだろう」

確かにいろいろとやるべきことはあるけれど、昼食を外でとる時間くらいはある。

すでに家の大掃除も終わらせているし、料理などもできる範囲で準備はしてきている。

それにしても。

（今日はもう大晦日なんて……）

美世にとって、後にも先にもこれきりというくらい、今年は怒濤《どとう》の一年だった。去年の今頃は実家の寒い部屋で縮こまって過ごしていたのだから、大変な変わりようだ。

清霞と暮らし始めてからまだ丸一年も経っていないなんて、信じられない。実家を出てからの生活は本当に目まぐるしく、振り返りきれないほどだ。

「忙しいですけど、充実していて楽しいです。……昔より、ずっと」

温かな紅茶の注がれたティーカップを持ち、立ちのぼる湯気を見つめる。

「そうか。それなら、いいが」

二人でいる、この静かな時間が何より好きだ。

決して賑《にぎ》やかではないし、心配事もあるけれど、楽しくて幸せで。去年までの自分が今年の自分を見たら、きっと信じられずに妄想か何かだと思うだろう。

何を話すわけでもなく、時折、茶を啜《すす》りながらじっと待っていると、続々と客が到着してきた気配が、扉の向こうから伝わってきた。

強めに扉が叩《たた》かれたかと思ったら、談話室の扉が勢いよく開く。

「どうも、こんにちは！　隊長、美世さん」

そう元気よく現れたのは、大怪我を負って入院していた五道《ごどう》だった。

「……またやかましいのを呼んだな」

「あ、隊長。そんなこと言って。俺がいないと大変だったんじゃないですか〜？」

またまた〜、と笑う五道は、怪我をする前と変わらず元気そうだ。

「五道さん、もうお怪我はよろしいんですか」

美世が訊《たず》ねれば、五道はうなずく。

「もちろんです。ご心配をおかけしました！　怪我はもうすっかり治ったので、むしろ思ったよりも退院に時間がかかって鬱憤《うっぷん》が溜《た》まりまくりでした！」

「よかったです」

五道のあとに談話室へ顔を出したのは、新《あらた》だった。

「皆さん、お揃《そろ》いで」

いつものように寸分の隙もないスーツ姿の従兄《いとこ》は、特に変わった様子はない。けれど、美世にはそれが気がかりでもある。

あの日、屯所が甘水に襲撃された日の出来事を美世も聞き及んでいた。

どうやら彼は帝誘拐の折、見せかけの状況に翻弄《ほんろう》され、何も成果を得られなかったことに責任を感じているようだ。あれから、ろくに家にも帰らず甘水を追っているのだと、心配する祖父、義浪《よしろう》から美世も相談を受けた。

　無理もない。あれで、事情を知る者からの薄刃家への風当たりはさらに厳しくなった。薄刃家の誇りにかけて、新は己の失錯が許せないのだ。

(きっとわたしが新さんの立場でも、同じことをするわ)

　歯痒《はがゆ》くて、じっとしていられない。おそらくそんな気持ちに違いない。

　しかしそういうわけで、新に会えたのは本当に久しぶりだ。

　一応、表面上はいつもと同じに見えるけれど、あまり信用できない。彼は自分の感情を隠すのが上手いから、表面的な明るさと内心はたぶん大きく乖離《かいり》しているだろう。

「美世、元気にしていましたか」

「あ、はい。新さんも、お変わりなく」

「おかげさまで。ま、悩みは尽きませんけどね」

　美世が新と話していると、清霞は面白くなさそうに鼻を鳴らす。それに気づいた新は、やや挑発的な目を清霞に向けた。

「少佐。そんなにも狭量では、美世も窮屈に感じてしまいますよ」

「大きなお世話だ」

　この軽快なやりとりも、ずいぶんと久々だ。

その後、一志《かずし》がやってきて五道と顔を合わせてまた騒がしくなったり、葉月の友人たちに挨拶《あいさつ》をしたりと、忙しくしているうちに昼が近づいてきた。

そして、ついに最後の客が訪ねてくる。

談話室の窓から見えた光景に、美世は自分の目を疑ってしまった。

「薫子さん？」

呼んだ声は、少し震える。

急に屋敷の前に自動車が停まったかと思うと、ずっと会いたくて、心配していた友人が現れた。

白いシャツに軍服のズボンを穿《は》き、丈の長いコートに身を包んだ彼女は、友人である陣之内薫子本人で間違いない。

薫子は同じく自動車から降りてきた大海渡とともに、玄関を潜る。清霞と五道は上司の姿を認めて、挨拶のために玄関ホールへ出ていった。

美世も二人のあとから扉に寄っていき、その様子を見守る。

「いらっしゃい。陣之内さん」

「お、お邪魔します」

出迎えた葉月に薫子はやや上擦った声で挨拶し、風呂敷《ふろしき》に包まれた手土産を渡す。葉月は礼を言って微笑み、次いで大海渡に向き直った。

「あなたも、ご苦労さまです」

「いや。どのみち、陣之内の身柄を解放するには私が立ち会わなければならなかった。大した手間ではない。——清霞、佳斗《よしと》。君たちもこの休暇の間はしっかり休むように」

「は」

「了解です～」

二人の返事にひとつうなずき、身を翻した大海渡を、葉月が呼び止めた。

「このまま帰るの？」

「ああ。さすがに私がこの屋敷に長居すると両親の機嫌が悪くなるからな。旭《あさひ》も私の帰りを心待ちにしている」

「そう。あ、少し待って」

葉月は大海渡の言葉に優しい笑みを浮かべ、使用人に何やら包みを持ってこさせて大海渡に渡す。

「これ。旭へのお土産よ。お義父《とう》さまとお義母《かあ》さまには内緒してくださる？」

「わかった」

包みを受けとった大海渡と、美世は一瞬だけ目があった。会釈をすれば、静かな目礼だけが返ってくる。

　大海渡が屋敷をあとにしたのを見届け、一同はほっと息をつく。美世だけは、真っ先に薫子に駆け寄った。

「薫子さん！」

「あ……美世さん」

　久方ぶりに顔をあわせた友人は以前よりも少し痩《や》せて、血色もあまり良いとはいえない。

　そうして、どこか後ろめたそうに視線を落とす友人の手を、美世は躊躇《ためら》いなく握った。

「薫子さん、お元気でしたか？」

「うん。……あの」

　薫子は眉尻《まゆじり》を下げ、玄関に集まっている面々を見回すと、思いきり頭を下げた。

「本当に、本当にご迷惑をおかけしました！　申し訳ありませんでした！」

　ぽつり、と雫《しずく》が玄関の三和土《たたき》の上に落ちて、染みを作る。

　薫子の裏切りは決して許されない行為だ。

　けれど、仕方のないことでもあった。実家の道場と異能者ではない父親を人質にとられたと思ったら、彼女はああするしかなかった。

　ひどく罪の意識に苛《さいな》まれているであろう、彼女の心境を想像すると心が痛む。

「――陣之内、顔を上げろ」

　そう口にしたのは、清霞だった。

　ゆっくりと顔を上げた薫子の瞳《ひとみ》は、涙に潤んでいる。

「どうせ閣下に搾られたのだろうから、私たちから言うことは何もない」

「隊長……」

「姉さん、揃《そろ》ったのならさっさと始めたほうがいいんじゃないか」

　清霞は踵《きびす》を返し、葉月へと提案する。これに、葉月も朗らかな笑顔で答えた。

「そうね。じゃあ、皆さん。今日のお食事は西洋に倣って、立食形式にしてみたの。大食堂に移動しましょう」

　美世は移動を始める人の流れに乗らず、薫子の手を引いた。

「薫子さんも、行きましょう」

「……美世さん、ごめん」

「もう、謝らないでください」

　薫子は何も、無罪放免になったわけではないだろう。清霞からも、それはありえないと聞いている。

　罰を受ければ罪が消えるのかといえば、そうではない。けれど、いつまでも責めていても誰も幸せにはならない。

「わたし、薫子さんとお友だちになれて心からよかったと思っています。それに、薫子さんがこうして戻ってこられて、うれしいです。薫子さんは違うんですか？」

美世が問うと、薫子はかぶりを振る。

「私も、また美世さんと話せてうれしい。こんな私でも、友だちでいていい？　迷惑だと思わない？」

「思いません。だから、これからも仲良くしてください」

「うん、うん……っ」

またしても大袈裟《おおげさ》に涙ぐむ友人に思わず笑ってしまってから、美世は彼女と二人、食事会の会場へと向かった。

終章

煮立った鍋《なべ》に、蕎麦《そば》を入れる。

菜箸《さいばし》で鍋の中をかき混ぜれば、温かな湯気が立ち上った。

（今日はとっても楽しかった）

久堂《くどう》家本邸での昼餐《ちゆうさん》会から戻り、日がほぼ沈んだ頃。美世《みよ》は家の台所で、年越しに向けて夕食を作っていた。

さほど多くない人数での食事だったが、十分に楽しめた。

珍しい洋風の料理がたくさん並んでいて美味しかったし、自由に移動しながらいろいろな人との会話をするのも興味深く、とても充実していた。

「いけない」

考え事をしていたら、蕎麦をゆですぎた気がする。美世は慌てて鍋を火から下ろし、ほっと息を吐いた。

熱い蕎麦を一本掬《すく》いとり、冷ましてから口に含む。かけ蕎麦にするならもう少し固めのほうがよかったかもしれないが、とりあえず許容範囲だろう。

（伸びないうちに、早くお食事にしなくちゃ）

美世は素早く二つのどんぶりにゆでた蕎麦を盛り、熱々のつゆをかける。その上に、すでに揚げてある天ぷらをのせ、薬味の長ねぎを添えた。

天ぷらは海老と鱈《たら》、野菜が主だ。

「上出来、かしら」

年越《としこ》し蕎麦を作るのは初めてだったが、ゆり江《え》にあらかじめ作り方を聞いておいてよかった。といっても蕎麦はゆでるだけ、天ぷらは何度も作ったことがあるので、さほど苦労はなかったけれど。つゆの味はゆり江の直伝だ。

今晩は年越し蕎麦のほかに、大根や人参を使った根菜の煮物や白菜の浅漬け、あとはとびきりの清酒も用意した。

皿の並んだ台所は、それだけで彩り豊かだ。

「ふふ」

つゆの出汁の香りが漂ってくるだけで、ほっと安堵《あんど》する。

現実は楽しいことばかりではなく、不安もたくさんある。激動の日々の中で蓄積した気疲れも。

しかし今日は大晦日《おおみそか》、明日からは三が日だ。そのくらいは心穏やかに過ごしたい。清霞《きよか》にも、穏やかに過ごしてほしい。

「旦那《だんな》さま、お夕飯ができました」

「ああ」

居間へ顔を出すと、清霞はしかめ面で何やら書類に目を通している。

葉月《はづき》には本邸に泊っていかないかと誘われたが、まったく迷わず断っていた。きっとその理由のひとつがこれだろう。

年末年始でひとまず仕事を休めるのだとしても、懸案事項の多い現状、休日でも報告などはわずかながら上がってくる。緊急事態が起こらないとも限らず、彼もできることをしておきたいのだろう。

美世はちゃぶ台に皿を並べながら、声をかけた。

「……あの、少しお休みしませんか」

「ああ。すまない」

いったん生返事をした清霞は、並んだ夕食に気づき広げていた書類をまとめ始めた。

そんな婚約者の前に、美世はあらためて向き直り、頭を下げた。

「旦那さま、ありがとうございました」

突然どうしたのかと、清霞が微かに息を呑《の》む気配がした。

「何がだ」

「薫子さんのことです。旦那さまが、薫子さんを助けてくださったんでしょう」

本邸での、清霞と薫子のやりとりを、美世は思い出していた。

清霞の態度は素っ気なく見えたけれど、あれはつまり薫子を許したということだ。美世が訴えたから薫子が許された、なんて自惚《うぬぼ》れるつもりはない。けれど、初めてできた友人を失わずに済んでうれしかったのだ。

「お前に礼を言われる筋合いはないな」

そっぽを向く清霞の瞳に怒りの色はない。

「これから異能心教《いのうしんきょう》との戦いも激しくなる。貴重な戦力が惜しくなっただけだ」

異能心教の単語にはっとして、また新たな不安感が滲《にじ》む。

「何か、あったのですか」

「いや。むしろ、何も進展がない、という報告だ。ただ、その報告の中にも何か手がかりになるものがあるかもしれないからな」

「……異能心教は見つかりませんか」

「ああ。いったい帝《みかど》はどこへいったのか、それすらもわからん。今はまだ大人しくしているが、だからこそ、何か大事を企《たくら》んでいる可能性もある」

甘水《うすい》は屯所を襲撃し、清霞に返り討ちにされた。しかしあのときの彼の態度は、特に残念がるでもなく、とても計画に失敗したときのものではないように見えた。

――何か、よくないことが起ころうとしている。

それは素人の美世でも肌で感じられた。

清霞はふ、と息を吐き、美世の手を優しく握る。

「大丈夫だ。なるべく早く、なんとかする。不安に思うな……というのは、無理だろうが」

「はい」

優しい手のひらに励まされ、美世は小さく微笑んだ。

大晦日の夜は静かに更けていく。

二人で年越し蕎麦を食べ終わり、ひと息ついた頃には外を雪が舞い始めていた。

「降ってきたか」

美世が廊下へ繋《つな》がる障子を開けると、隙間から覗《のぞ》いた景色に清霞は目を細める。

居間の電灯の光が縁側から漏れて、宙を舞う白い花弁を照らす。庭には、すでに砂糖をまぶしたように薄っすらと積もり始めていた。

「雪……」

冬も雪も、美世は好きではなかった。

火鉢もない実家の狭い自室では、毎年ひどい寒さに悩まされてきたからだ。けれど、こうして暖かな家の中から見る白さはとても鮮やかで、密やかで、幻想的だった。

「美世」

呼ばれて振り向けば、清霞は外を眺めながら猪口を傾けている。

「こっちにこい」

「はい」

言われるまま、美世は清霞の隣に腰を下ろした。

「今年は、いい年だった。お前に出会えたからな」

隣から聞こえたのは、柔らかな声音。

(でも、それを言うならわたしのほうが……)

去年の今頃には、思いもしなかった。寒さで凍死してしまえないか、と願うことのない冬が来るなんて。

こんなにも離れがたい、愛しい人と巡り会えるなんて。

「はい。わたしも……同じ気持ち、です」

そう口にした瞬間、身体を引き寄せられ——唇同士が触れる。

二度目の口づけは、ほのかに酒精の香りがした。

除夜の鐘が鳴る。

雪の降る年の瀬は二人を静寂で包み、穏やかに流れていった。

あとがき

皆さま、お元気でしたでしょうか。

ようやく読めない・書けない・覚えられないペンネームが浸透してきて、最近は「意外とイケてるのでは」と勘違いし始めた顎木《あぎとぎ》あくみです。

いよいよ『わたしの幸せな結婚』も四巻目になりまして、デビュー作でありながらここまで続けられたことが信じられない気持ちです。

今回は前巻からの続きということで、あの人がいったいどうなってしまったのか、気になっていた方もいらっしゃったと思うのですが、いかがでしたでしょうか。そろそろ結婚か、と期待されていた方はすみません。まだです。

四巻ともなると、登場人物がだいぶ増えてきました。今回の新キャラの目玉は、爆発したあの人以外で初めての、名前のついた清霞《きよか》の部下たちになります。今までは、あくまで美世《みよ》が主人公なので対異《たいい》特務小隊《とくむしょうたい》についてあまり言及してこなかったのですが、新キャラたちの登場にともなって、そのあたりがややはっきりしてきたかもしれません。

そして今さらですが、この物語は美世の成長物語でもあります。新たな登場人物たちとかかわり、彼女もまたさらに成長できていればいいなあ、と作者的に願いつつ。作中での春に予定されている結婚式までに、まだまだ試練は続きます。大丈夫、きっと二人ならなんとかなることでしょう！

高坂《こうさか》りと先生によるコミカライズも、スクウェア・エニックス様『ガンガンＯＮＬＩＮＥ』にて絶賛！　連載中です。さらにこの『わたしの幸せな結婚』四巻が発売する頃には、コミックス第二巻も発売となっておりますので、そちらもよろしくお願いいたします。

最後になりましたが、今回は史上最高にいろいろとギリギリの状態で、担当編集さまには大変ご迷惑をおかけしました。すみません。ありがとうございます。

また、四巻でも想像を絶する美しい表紙イラストを描いてくださった月岡月穂《つきおかつきほ》先生。本当に、本当に、ありがとうございます。

そして、ここまでお付き合いくださった読者の皆さま。おかげさまで物語を続けていくことができました。感謝申し上げます。

では、また。

顎木あくみ

お便りはこちらまで

〒一〇二―八一七七
富士見L文庫編集部　気付
顎木あくみ（様）宛
月岡月穂（様）宛

富士見L文庫

わたしの幸《しあわ》せな結婚《けっこん》 四

顎木《あぎと》《ぎ》あくみ

2020年9月15日　初版発行
2023年8月10日　26版発行

発行者　山下直久
発　行　株式会社 KADOKAWA
〒102-8177　東京都千代田区富士見2-13-3
電話　0570-002-301（ナビダイヤル）

印刷所　株式会社 KADOKAWA
製本所　株式会社 KADOKAWA
装丁者　西村弘美

定価はカバーに表示してあります。　◆◇◇

●お問い合わせ
https://www.kadokawa.co.jp/（「お問い合わせ」へお進みください）
※内容によっては、お答えできない場合があります。
※サポートは日本国内のみとさせていただきます。
※ Japanese text only

ISBN 978-4-04-073725-6 C0193